Etelän taikaa

Kiitos ystävilleni!
Tämä kirja ei olisi koskaan valmistunut,
jos en olisi saanut teiltä niin paljon tukea ja
kannustusta esikoiseni kohdalla.

Kata Seppä
Etelän taikaa

Kustantaja: BoD · Books on Demand, Mannerheimintie 12 B,
00100 Helsinki, bod@bod.fi
Kirjapaino: Libri Plureos GmbH, Friedensallee 273,
22763 Hampuri, Saksa
ISBN: 978-952-80-8365-8

Luku 1

"Mihin helvettiin mä olen tullut?" tiuskaisin vieressäni istuvalle vieraalla ihmiselle. Tai no, ei hän täysin vieras ollut, koska olimme tavanneet Helsingin lentoasemalla jo aamulla ja lentäneet yhdessä Euroopan toiselle puolelle, Etelään. Oloni oli kuuma, tukala ja kaikki tuntui vieraalta.

"Tällaista varmaan on helvetissä. Autoja, ääniä, hajuja, kuumuutta ja tukaluutta", sanoin tuntiessani pääni räjähtävän.

"Eikä ole, älä nyt viitti, eihän tää mitään ole", vieressäni istuva Raisa kommentoi puoliksi naurahtaen.

"Hyvä sun on puhua, olet ollut täällä ennenkin, mutta mä en ole koskaan edes käynyt lomalla ja nyt pitäisi hoitaa työt ja kertoa, kuinka ihana paikka tämä on", vastasin ärsyyntyneenä Raisan hyväntuulisuudesta.

"Kyllä sä totut, ihan varmasti. Tää siis oikeasti on ihana paikka. Täällä lentokentän läheisyydessä nyt aina vaan on melua ja ihmisiä, mutta pian helpottaa. Ei me jouduta kestämään tätä kun kerran viikossa", Raisa lohdutti ja jatkoi: "Niin paitsi tietty kun vedetään Pääkaupunkiretki, niin silloin myös."

Just näin, kiva.

Vähitellen liikenteen melu ja kaupungin valot alkoivat rauhoittumaan ja hetken aikaa oli täysin pimeää ja hiljaista. Vain taksinkuljettajan valitsema diskopoppi soi auton kaiuttimista, mutta se oli pientä verrattuna äskeiseen markkinatunnelmaan. Sata savolaista, ravikilpailut ja huutokauppa kun laitettaisiin samaan pieneen halliin, saataisiin jotain äskeisen kaltaista aikaiseksi.

Nauttimiseni hiljaisuudesta rikkoi Raisan kysymys: "Missä sä olet ollut aiemmin oppaana?"

"Monissa paikoissa. Viimeisimpänä Saarella, jonne jätin sydämeni", vastasin huokaisten ja jatkoin: "Entäpä sä? Siis tämän lisäksi?"

1

"Täällä jo kolmatta kertaa, wuhuu. No ei vaan. Oikeasti, tämä on kyllä kiva paikka, niin ristiriitainen. Suurkaupungin hulinaa ja kohta sullekin tutuksi tulevaa rannan rauhaa. Meidän käyttämät hotellit ovat melkeinpä kaikki tuolla rannan alueella, joten saadaan nauttia siitä parhaasta, mitä Etelällä on meille tarjota. Niin ja siis olin mä Kaukomailla myös pari kertaa näiden Etelän talvikausien välissä."

"Ai olit? Okei. Siis mun yksi kaveri, tai no, sellainen lähti nyt Kaukomaille. Tai no, kakskytkahdeksan päivää sitten lähti hän. Pois. Siis Suomesta pois. Lähti Kaukomaille", sopersin ja sain Raisalta hämmentyneen katseen, jonka näin, koska katuvalot olivat jälleen alkaneet pimeyden jälkeen.

"Okei", hän totesi, johon kiirehdin vastaamaan:

"Siis mun edellisen kauden pomo, esimies, henkilö, esihenkilö oli hän."

"Okei", Raisa totesi uudestaan eikä kysynyt enempää.

Matkaoppaalla kaudet seurasivat toisiaan. Kohteet vaihtuivat joskus niin nopeasti, ettei edellisiä aina muistanutkaan. Kaikkialla oli samanlaista, mutta aina myös erilaista. Rannat ja ravintolat, yökerhot ja markkinapaikat olivat toistensa kopioita omanlaisilla pienillä lisämausteillaan. Jokaisessa paikassa oli omia pieniä erikoisuuksia. Oli erilaisia herkkuja, vatkattua voita tai kaalisalaattia pitsan päällä. Oli myös tietyille kohteille tyypillisiä pieniä seikkoja, pieniä omia tuoksuja tai tyypillisiä ääniä, jotka tekivät kohteista ainutkertaisia. Jokaisessa oli omanlainen lisämauste liukuhihnalta tulevan turistikakun päällä.

"Olit oikeassa, nyt Etelä näyttää paljon miellyttävämmältä, kuin hetki sitten", sanoin kun Raisan kanssa raahasimme matkalaukkujamme uuteen kotiimme. Kotimme oli pienkerrostalo, josta firmamme oli vuokrannut meille molemmille omat pienet asunnot. Todellista luksusta! Ei soluasuntoja, hotellihuoneita tai huoneistohotelleja turhanpäiväisillä keittolevyillä, vaan ihan oikeat asunnot ihan vain omaan käyttöön. Raisa näytti luhtitalotyylisen pienkerrostalon alakerrassa sijaitsevan pesukoneen, jonka varausvihko oli talon raamattu. Siinä talon ensimmäinen sääntö: noudata aina varauskirjaan merkittyjä aikoja. Muut asukkaan olivat myös oppaita, tosin skandinaaveja eli eri firmoissa töissä. Meidän firmamme oli muutenkin pieni tekijä etenkin Suomimatkojen rinnalla. Meidän asiakkaat lentäisivät Etelään toisen firman kanssa jaetulla koneella. Koneet ovat Airbusin keskisuuria matkustajakoneita eli se tarkoittaa yhteensä noin kahtasataa matkustajaa per lento. Minulla ei ollut varmuutta, kuinka paljon meidän kapasiteettimme oli, mutta arvelin sen olevan noin puolet. Meidän firmallamme ei ollut rahaa – ja tuskin haluakaan – omaan laivastoon, joten matkustajapaikkojen vuokraaminen lentokoneesta toiselta firmalta oli hyvä vaihtoehto. Tosin vielä saapumisiltanani en osannut aavistaa, ettei niin välttämättä ollutkaan.

Asuntoni oli tähänastisista opasmajoituksistani selkeästi paras. Asunto oli suuri, makuuhuoneen ja kylpyhuoneen lisäksi siinä oli iso olohuone-keittiö ja valtava parveke. Sisustus oli pelkistetty, ei mattoja, mutta verhot sentään joka huoneessa. Makuuhuoneessa oli seinänkokoinen vaatekaappi ja täysleveä sänky. Tai oikeastaan kaksi yhdeksänkymmentä leveätä työnnettynä vierekkäin vain heikosti yhteen, jonka myöhemmin opin. Yleensä oppaat jakoivat huoneistoja tai majoittuivat pienissä (ja joskus myös ikkunattomissa) hotellihuoneissa. Vaikka minun asuntoni oli suuri, ei sitä voinut jakaa, koska makuuhuoneita oli vain yksi. Niinpä sain koko lukaalin itselleni ja kuulin, että Raisalla oli samanlainen. Edessä oleva Etelän-kausi näytti heti paljon valoisemmalta.

Toimistolla saimme jämäkän tervehdyksen esihenkilö Espeltä. "Viikkojaksotus näyttää hyvältä. Maanantaisin aikainen kenttä eli tervetulotilaisuuden illalla. Tiistaina tietenkin kaupunkikierros ja keskiviikkona kokopäiväretki. Toinen teistä vetää toisen retken ja toinen on silloin hotellipäivystyksillä. Torstaina on paikallinen elämä -retki ja lauantaina iltaretki. Nekin jaetaan teidän kesken niin, että toinen on vapaalla torstain ja toinen perjantain. Hotellipäivystyksiä loppuviikkoon tulee molemmille. Sunnuntaina olette yhdessä hotelleilla ja toimistolla.

Aika selkeää, eikö?" Espe luetteli kuin kenraali määräystä. Hän jakoi haalistuneet väritulosteet, joissa oli ruudukoissa jaetut työvuorot ja kulmissa kivan keltaiset pallonaamahymiöt piristämässä ja toivottamassa "Have a nice day!"

"Tota, mietin vaan, kun tuolla edellisessä kohteessa mä sain kyllä vetää kaikki retket. Ja nyt tässä on mulle laitettu noita hotellitapaamisiakin. Ja vielä kahtena päivänä! Pystyykö tätä vielä muuttamaan?" kysyin kauhistuneena. En pystyisi istumaan tunkkaisten hotellien tunkkaisissa auloissa ja hoitamaan kamalan tärkeitä asioita kuten pehmeämpiä tyynyjä tai kylpyhuoneiden viemäreistä öisin esiin nousevia torakoita. Halusin retkille sillä välittäessäni tietoa olin parempi kuin jakaessani puhtaita hammaspesulaseja. Hotellitapaamiset olivat yleensä tylsiä ja retkillä olisi enemmän tapahtumia ja tunnelmaa. Tulin töihin Etelään, en istumaan hotellien auloihin.

"Ei", Espe totesi selkeästi ja yksinkertaisesti. Tästä asiasta ei siis keskusteltaisi enempää. Kiva.

"Missä Espe on ollut aiemmin?" kysyin Raisalta, kun kävimme syömässä lounassalaatit toimiston läheisessä ravintolassa. Paikka oli lähellä, mutta hintatasonsa takia siitä tuskin tulisi meille kantapaikkaa.

"No siis sillä on aika pitkä kokemus. Vaikka eihän se vielä ole kovin vanha, vähän meitä vanhempi. Se on koulutukseltaan urheiluhieroja ja suoritti osan siitä koulusta Espanjassa. Siitä sille syntyi palo asua ulkomailla ja siksi se hakeutui opaskouluun, lähti oppaaksi ja eteni tosi nopeasti. Ensin hän oli vuoropäällikkö ja jossain vaiheessa jopa destination manager. Sillä oli ihan oma kohde kolme kautta Mosambikissa.

"Okei", ilahduin, sillä olin selvästi saanut Raisasta liittolaisen itselleni. "Hän vaikuttaa aika tiukalta", jatkoin toivoessani liittomme syventyvän yhteisen vihollisen myötä.

"Joo, se on aikoinaan tanssinut jonkun jääkiekkojoukkueen matseissa ja se taisi olla aika kilpailuhenkistä ja se taisi tehdä siitä tuollaisen suorittajan. Niin ja kylähän sitä sanotaan, että sillä oli joku rakas siellä Afrikassa. Joku, jonka se joutui jättämään sinne eikä ole toista yhtä hyvää

4

löytänyt. Mutta toisaalta, eikös meillä kaikilla ole kaipauksenkohteita ympäri maailmaa?", Raisan kysymys hämmästytti minua. Tiesikö hän jotain minun viime kaudesta ja Pomosta? Oppaiden kesken oli pienet piirit ja selvästikin toisten asiat tiedettiin, tai ainakin luultiin tietävän, kohtuullisen hyvin. Etenkin saman firman sisällä asiat tuntuivat leviävän ympäri maapalloa todella nopeasti. Mutta eihän Raisa voisi tietää Pomosta. Ei hänestä tiennyt kukaan mitään. Pomo oli toisella puolella maailmaa enkä usko, että hän edes ajatteli minua enää. Viime kaudesta tuntui olevan ikuisuus aikaa.

"Ai onko sullakin joku taakse jäänyt, jonka luolta lensit pois?" Raisa kiinnostui, kun en heti vastannut.

"Heh, joo, onhan noita. *But I never promised you a rose garden*, tiedäthän?" kuittasin naurahtaen.

Ensimmäinen viikkomme Etelässä oli varattu paikkoihin tutustumiseen ja hotellikansioiden tekemiseen. Pari päivää toimistolla täyttyi word-tiedostojen sommittelulla ja lukemattomien paperilappujen tulostamisella. Tarkistimme aukioloaikoja, kopioimme bussiaikatauluja ja teimme mahdollisimman selkeät retkimainokset. Päätimme, että retkiä myytäisiin tänä vuonna ennätysmäärä! Tosin meidän tilipussiamme se ei lihottaisi, koska olimme kuukausipalkalla. Jos kausi oli pitkä, saattoi oppaat ja joskus jopa firman asioita hoitava agenttifirma tehdä yhteistyösopimuksia ravintoloiden tai myymälöiden kanssa. Matalan tulotason maissa, joissa palveluala ja turismi oli jopa pääelinkeino, tehtiin sopimuksia enemmän kuin kehittyneissä ja ei niin korruptuneissa maissa. Paras sopimus oppaille oli yleensä ruoka. Ravintola tarjosi ilmaisen tai halvan ruoan ja vastineeksi oppaat suosittelivat lomalaisille kyseistä ravintolaa hieman muita ravintoloita hanakammin. Yleensä ravintolat olivat siistejä ja ruoka hyvää, joten sellaisia suositteli mielellään. Kilpailu kuitenkin oli kovaa ja hyviä ravintoloita paljon. Siksi ravintolat mielellään ottivat oppaat univormuissaan ikkunapöytiin istumaan ja samalla

5

mainostamaan. Oppaan palkka oli niin pieni, ettei rahaa ravintolassa syömiseen olisi ollutkaan ilman toimivaa yhteistyötä.

Saatuamme toimistolla kansiot kiiltäviksi ja sivut suoriksi lähdimme hotelleille. Halusimme nähdä kaikista hotelleista huoneita, aamiaistilan ja mahdolliset lisävarusteet kuten uima-altaan. Halusimme tutustua hotelleihin mahdollisimman hyvin, jotta osaisimme palvella lomalaisia tiedon kautta luotettavasti. Jätimme hotellien auloihin hotellikansiot näkyville paikoille, jotta ne löydettäisiin ja niitä oikeasti käytettäisiin. Halusimme myös joka sunnuntaisin sivuvaihtorumban käyvän sujuvasti, sillä joka viikko lomalaiset haettaisiin hotellilta eri aikaan paluumatkalle. Joka viikko hotelleissa oli eri määrä lomalaisia ja siksi hakuajat vaihtuivat viikoittain. Joillakin viikoilla ei jossain hotellissa ollut yhtään meidän lomailijaa.

"Meillä on tosi vähän hotelleja," Raisa sanoin yllättäen viimeisellä hotellillamme.

"Joo, onhan tämä aika pieni kohde ja nähtävästi aika vähäiset paksimäärät. Ei välttämättä päästä ihan tavoitteeseemme tehdä kaikkien aikojen retkimyyntiennätystä, mutta panostetaan kato laatuun kun määrää ei ole."

"Joo ja nautitaan itse enemmän vapaa-ajasta, jos vaikka kaikki retket eivät aina toteudukaan," Raisa nauroi.

Emme voineet vielä aavistaakaan, kuinka hiuksen hieno ero oli ylimääräisen vapaa-ajan ja töiden loppumisen välillä.

Vihdoin koitti viikon ja ehkä koko alkukauden odotetuin hetki: tulobileet. Tulobileisiin esihenkilö järjesti aina jotain erityistä ja mukavaa tekemistä ja tapahtumaa. Isoissa kohteissa tulobileet kauden aluksi olivat aina isoja kuten myös lähtöbileet aina kauden lopuksi. Tässä kohteessa meitä oli kolme, joten kovinkaan isoja juhlia tai upeaa spektaakkelia ei aikaan varmastikaan saatu. "Toivottavasti firma maksaa sentään ruoat ja jotain juomaakin", totesimme Raisan kanssa pohtiessamme illan ohjelmaa.

Ilta ei täysin täyttänyt odotuksiamme: Espe ei ollut rento tai miellyttävä eikä häneltä siksi voinut odottaa kovin kummoisia tulobileitä. Eivätkä ne tulobileet kovin kummoiset ollutkaan. Kiersimme pääkaupungin bussilla ja sen jälkeen menimme ravintolaan. Bussikierros oli hop-on-hop-off-tyylinen eli bussi oli kaksikerroksinen ja sillä oli tietyt pysäkit, joilta pääsi kyytiin ja joilla pystyi jäämään pois. Me menimme ranta-pysäkiltä kyytiin ja reilun tunnin päästä hyppäsimme samalla pysäkillä pois. Hop, siinä se. Ja sen jälkeen rannan lähelle ravintolaa, joka oli ihan kiva. Raisan mukaan Etelässä oli paljon vastaavanlaisia ravintoloita ja kyseinen oli hintatasoltaan hyvin keskiverto. Onneksemme firma sentään maksoi ruoat ja ruokajuomat. Ylimääräiset drinkit jouduimme maksamaan itse, joten Etelän halpa hintataso tuli tarpeeseen. Espe ei ehkä koskaan ollut ollut kunnon tulobileissä, koska hän ei näyttänyt edes kaipaavan mitään erityistä. Yritykseni keskustella muusta kuin tulevasta kaudesta kuihtuvat Espen yksitavuisiin tai vähintäänkin yksitoikkoisiin vastauksiin. Edes keskustelu tulevasta kaudesta ei ottanut tuulta alleen, koska Espe ei siitäkään halunnut keskustella. Ehkäpä hänellä toisiaan oli särkynyt sydän tai muuten vaan rajoittuneet sosiaaliset taidot.

Espen mentyä päätimme Raisan kanssa jatkaa vielä ainakin yhteen baariin. Alkuillasta huolimatta olimme sopivan innostuneita ja molemmilla oli odottava ja hyvä tunne tulevasta. Päädyimme sporttibaariin, jossa näytti olevan huomattavasti enemmän brittiläisiä kuin paikallisia. Oletettavasti hanasta sai sen verran edullista olutta ja televisioruuduilta näkyi useita erilaisia urheilumatseja, että brittimiehet kokivat olevansa kuin kotonaan.

Me saimme Raisan kanssa drinkit päivänvarjoilla ja se riitti meille. Drinkit meille teki komea baarimikko, jonka puhe ei alkuun hämmästyttänyt meistä kumpaakaan. "Mitäs teille?" hän kysyi selvällä suomen kielellä. Vasta vastattuani kolmeen ensimmäiseen suomenkieliseen kysymykseen englanniksi tajusin hänen todellakin puhuvan suomea. Myöskään Raisa ei humalatilaltaan tajunnut, että mies tosiaan taisi olla suomalainen. Kun tämän tajusimme, ei naurunremakastamme meinannut tulla loppua. Suomalainen baarimikko meidän edessämme oli ehkä hauskinta, mitä olimme hetken kokeneet. Asian naurettavuuteen vaikutti varmasti jo illan aikana juotujen drinkkien lisäksi ensimmäisen viikon stressin purkautuminen. Kikatuksemme sai uutta puhtia, kun kuulimme baarimikon olevan nimeltään Mikko. Maailman ehkä toiseksi hauskin asia oli baarimikko, jonka nimi oli Mikko.

"No lähtiskös baarimikko-Mikko tällaisen tytön kanssa jatkoille, vaikka mun nimi ei olekaan hotelli?" uskaltauduin nauruni lomassa kysymään. En edes tiedä, mistä kysymys tuli, en normaalisti ollut ihan niin suora. Tilanne kuitenkin oli vapautunut ja minulla oli hyvä fiilis, miksipä ei siis ehdottamaan jatkoja selvinpäin olevalle työntekijälle, jonka nimelle olin juuri viimeiset kymmenen minuuttia nauranut. Vaikka tajusin, ettei tilanne tule päättymään, niin kuin haluaisin, en ollut varautunut baarimikko-Mikon vastaukseen: "Sori, vaimo ei tykkäisi."

Voihan helvetti. Enää minua ei naurattanut. Raisalta keskustelumme meni ohi ja hyvä niin. Tosin se ei aktiiviseen muistiin jäänyt minullakaan. Raisalla huomion puute johtui ympärillä olevasta melusta ja minulle humalatilasta. Olisi helpottanut minun tulevia viikkojani, jos joku olisi ollut myöhemmin muistuttamassa minua tämän illan keskustelusta.

"Kiva, ekalla lapsi, toisella vaimo", tuhahdin.

"Ai mitä?" baarimikko-Mikko kysyi ihmeissään.

"Äh, ei mitään. Unohda. Niin mäkin aion tehdä", tunsin menneiden ja nykyisten tunteiden myllertävän sisälläni.

"Mutta arvaapa MITÄH?" tajusin huutavani aivan liian kovalla äänellä kysymyksen.

"No kerropa", baarimikko-Mikko vastasi pilkettä silmäkulmassaan.

"Mulle ennusti sellainen ennustaja jo kauan sitten, että mun elämäni mies tulee olemaan vaalea komistus. Tuollainen kuin sinä. Sellainen nimenomaan vaalea ja sähän oot. Joop, kyllä kyllä. Se ennustaja oli sellainen joku Marja-Terttu tai Terja-Marttu. Se maksoikin vaan vitosen. Mä

8

soitin sille ja sitten se ennusti. Tosin se vitonen piti lähettää sille kirje-kuoressa, että olihan se vähän hämärää hommaa, mutta tosi hyvin se ennusti. Oikeasti!"

"Jep, kuulostaa tosi luotettavalta", baarimikko-Mikko naurahti ja siirtyi seuraavan asiakkaan luo.

Alkubileissä oli usein se huono puoli, että tuli juhlittua liikaa. Tämäkään kohde ei tehnyt poikkeusta. Aivan liikaa shotteja ja riehakasta tunnelmaa. Onneksi kuitenkin ilta loppui yksin omaan sänkyyn.

Mitä helvettiä olin eilen tehnyt, oli ensimmäinen ajatus, kun sain silmäni auki kammottavasta pääkivusta huolimatta. Alkubileet, kämpän läheinen baari, epätoivoinen iskuyritys ennustaja-tarinan avulla. Apua! Aika paljon mustaa, ei selkeitä muistikuvia. Päätin tehdä aktiivisesti paljon töitä unohtaakseni eilisen.

"Eilen oli kiva ilta," Raisa totesi pirteänä kämppämme läheisen hotellin illallispöydässä, jonne menimme krapulapäivästä selvittyämme. Olin käyttänyt tulobileiden jälkeisen päivän kämpässäni maaten, voiden huonosti ja katuen edellisen illan ja yön liian kovaa vauhtia.

"Jep, jep," vastasin.

"Mutta onneksi huomenna alkaa arki", jatkoin.

Moi äiti!
Eka viikko on mennyt Etelään tutustuessa. Nyt vaan odotellaan lomalaisia ja arjen alkamista.
T: Sara

Luku 2

Maanantai ja oikeat hommat alkaisivat, jes! Töitähän tänne on tultu tekemään ja lomalaisia passaamaan. Samalla työt saisi lauantain muistot haalistumaan mielestäni. Lomalaisille tämä viikko kun saattaa olla se vuoden odotetuin viikko. Tätä varten on säästetty ja syöty -30 % -alelaputettuja maksalaatikoita. Tätä varten on jo kolme viikkoa puhuttu, että ollaan kuulkaas lähdössä lomalle. Tai jo viime vuonna tähän aikaan mainostettu, että tasan vuoden päästä kuulkaas sitten. Pinna on kireällä, kun stressaa, että varmasti nyt on hyvä viikkoa ja kaiken pitää onnistua. Pahimmassa tapauksessa feta ei maistukaan salaattijuustolta, raki on liian sameaa eikä fado kuulostakaan kauniilta. Unelmat särkyvät ja toiveet pirstaloituvat. Oikeasti loman suunnittelu on ihmisen parasta aikaa, ei loma. Todellisuudessa parasta on palata lomalta kotiin.

Jokainen uusi viikko on uusi ja erilainen oppaalle. Toki jossain vaiheessa, kun kahdeksatta kertaa hoitaa samat hommat, tulee niihin väkisinkin rutiinia. Kuitenkin jännittävintä on kauden aloitus, sillä se kertoo, miten kausi lähtee käyntiin, miten käytännössä asiat toimivat ja missä ovat mahdolliset kuopat, joihin kompastutaan kauden aikana. Toimivatko pikkiajat vai joudutaanko jollain hotellilla odottamaan, onko retkikohteissa hyvät lounaat ja ehtivätkö lomalaiset tehdä matkamuisto-ostokset pysähdystauoilla. Ensimmäiset lomalaiset harvoin tietävät olevansa kauden ensimmäisiä. Eikä sitä mainostetakaan, ettei heille tule tunnetta, ettei oppaat tai muu henkilökunta kohteessa osaisi hommiaan. Eihän he kyllä välttämättä aina osaakaan, mutta vanha valehtelu pelastaa usein. "Oletteko olleet täällä pitkään?" on lomalaisten vakiokysymys, johon aina opas vastaa (totuudesta riippumatta) naurahtaen: "Onhan täällä tullut oltua". Todellisuudessa voi olla menossa oppaan kolmas päivä kohteessa. Parhaimmissa tapauksissa kohteeseen ei pääse tutustumaan kunnolla ennen lomalaisten saapumista. Tällä kertaa Etelässä ensimmäinen viikkoni oli mennyt paikkoihin tutustuessa ja uusia asioita opetellessa. Kun ensimmäinen arri toi mukanaan ensimmäiset lomalaiset, oli odotus viimein palkittu.

"Tää on aina yhtä jännittävää", Raisa totesi lapsellisen innokkaana. "Joo, onhan tää", totesin ajattelematta oikeastaan mitään sen enempää. "Oliko niin, että näitä on tulossa vain hieman alle viisikymmentä?" Raisa jatkoi ihmetellen. "Jep, ihmeen vähän" totesin ja aloin todella miettiä vähäistä asiakasmäärää. "Muista laatu, ei määrä", jatkoin, koska siinä vaiheessa kumpikaan meistä ei tiennyt, että asiakasmäärä tulisi koitumaan toisen meistä kohtaloksi.

"Olette valinneet loistavan kohteen lomailla" hihkuin tervetulotilaisuuden eli tertun aluksi. Kenttäpäivä oli mennyt mukavasti ja homma oli pyörähtänyt käyntiin sujuvasti. Lomalaiset olivat mahtuneet kahteen isoon bussiin joista toinen oli suunnannut itäpuolelle aluetta ja toinen länsipuolelle. Näin ollen lomalaiset oli saatu hotelleille puolessa tunnissa ja tervetulotilaisuudet päästiin järjestämään vielä saman päivän iltana. Se oli hyvä, sillä retket alkoivat pyörimään jo seuraavana aamuna ja kaupunkikierrokselle haluttiin myydä paljon lippuja. Kaupunkikierros oli vilpittömästi paras tapa tutustua uuteen kohteeseen ja saada hyviä vinkkejä lomailuun. Kaupunkikierros oli tämänkin tertun myydyin retki. Kaikkiaan päivä oli ollut hyvä. Hyvä kenttä, hyvä terttu ja kivat lomalaiset. Ensimäisen arrin jälkeinen arvio tulevasta kaudesta oli toiveikas ja positiivinen. Ehkä tästä todella tulisi paras kausi ikinä.

Tiistaina Raisa pääsi vetämään kaupunkikierroksen ja olin hänelle oikeastaan vähän kade. Ehkä myöhemmin ehdottaisin, että tekisimme puolesta kaudesta jonkinlaisen vaihdon. Voisin tyytyä päivystämään hotelleilla, jos tietäisin, että jossain vaiheessa pääsen vetämään uusia retkiä. Olihan minulla toki kokopäivä-retki ja paikallinen elämä -retki, joita molempia odotin innolla. Ensimmäisellä viikolla oli kivoja lomalaisia ja retkimyynti oli sekä tertussa että hotellipäikyillä kiitettävää. Olin kiitollinen, että lomalaiset tulivat tapaamaan minua hotellin aulaan ostaakseen retkilippuja eikä vain valittaakseen hotellista tai huonosta säästä tai mistä nyt ikinä keksivätkin. Alkukausi oli muutenkin aina loppukautta rauhallisempaa ja valitusta tuli vähemmän. Mitä pidemmälle kausi meni, sitä enemmän tuli valituksia nuhjuisista huoneista, littaantuneista tyynyistä ja kiukkuisista tarjoilijoista. Myös sään muuttuessa kuumemmaksi, ihmisiä alkoi entistä enemmän kiukuttaa muutkin asiat.

Ehkäpä siis tarjoaisin Raisalle vaihdosta kauden puolen välin tienoille ja parhaimmassa tapauksessa saisin pidettyä omat retkeni ja saisin häneltä lisäksi vaikkapa kaupunkikierroksen. Iltaretken hän voisi minun puolestani pitää, se oli usein aika raskas. Ilmainen alkoholitarjoilu ja rajaton ruokabuffet toivat usein monenlaisia haasteita paluumatkalle bussiin. Mutta jos Raisa haluaisin, voisin ottaa senkin. Tosin Espen mielipidettä olisi kysyttävä eikä hän tuntunut kovinkaan joustavalta tai yhteistyöhaluiselta. No, ehkä kauden edetessä hän oppisi luottamaan meihin ja näkisi paremmin meidän vahvuutemme. Minun vahvuuksiin kun ei kuulunut hotellien auloissa istuminen.

Kaupunkikierros oli Raisan mukaan mennyt juuri niin hyvin kuin kuvitella saattaa. Siksipä odotukseni kokopäiväretkelle olivat korkealla. Retkelle lähdettiin minibussilla, sillä aktiivisesta lomailijaporukasta huolimatta emme olleet saaneet myytyä kuin kymmenkunta lippua retkelle. Se oli ihan hyvin, sillä lomalaisia oli kokonaisuudessaankin vähän. Kokopäiväretkille oli aina pienempi osallistujamäärä kuin puolipäiväretkille. Harva halusi viettää lomastaan kokonaista päivää toisten aikatauluja noudattaen, toisten valitsemassa ravintolassa syöden ja toisten suosittelemissa paikoissa ostoksia tehden. Kuitenkin suosittelin viikosta toiseen vilpittömästi lähtemään retkille mukaan. Retkille on aina koottu parhaat paikalliset nähtävyydet ja sillä pääsee usein paikkoihin, joihin ei omatoimisesti pääsisi. Retken hinta oli usein aika korkea, mutta jos saman retken olisi tehnyt omatoimisesti, ei se kovin paljoa halvemmaksi olisi kuitenkaan tullut.

Retki oli minulle yhtä suurta iloa. Nautin joka hetkestä ja olin innoissani saadessani jakaa tietoa Etelästä ja oppiessani uutta. Kuljettajanamme oli Pierre, ranskalaislähtöinen minua jonkin verran vanhempi mies, joka oli kohteliaisuuden perikuva. Omien sanojensa mukaan hän oli asunut tarpeeksi kauan Etelässä, jotta oli unohtanut periranskalaisen töykeyden ja tylyyden. Pierre oli ihana! Hänen kanssaan oli helppo tehdä töitä ja opin häneltä vähintäänkin yhtä paljon kuin lomalaiset. Hän vastasi kysymyksiimme innostuneena, sillä hän muisti yhä kuinka Etelä oli lumonnut hänetkin aikoinaan. Edellisessä kohteessani Saarella olleet kuljettajat vainosivat minua yhä painajaisissani, mutta olin varma, että Pierren ansiosta tulisin unohtamaan heidät pian.

Iloni näkyi varmasti kauas, kun seuraavana aamuna sain jälleen Pierren retkikuljettajakseni. Tarkastelin häntä ja päädyin hänen olevan jo yli kolmekymppinen. Uskon näin, koska hänen rauhallinen, mutta innostunut olemuksensa viesti vakautta ja viisautta. Sellaista, jota vasta yli kolmekymppisillä saattoi nähdä. Tai niin ainakin kuvittelin. Hänellä oli tummat piirteet sillä ruskea lyhyt tukka ja ruskeat silmät kruunasi parransänki. Hän oli hyvännäköinen, sain itseni kiinni ajattelemasta ja hymyilin.

Raisa oli edellisenä päivänä myynyt retkilippuja hyvin ja paikalliseen elämään tutustuimme isolla joukolla. Aikaa jutteluun Pierren kanssa ei ollut yhtä paljon kuin edellisenä päivänä, mutta olin selvästi löytänyt luottokuljettajani. Puolipäiväretken tahti oli aika kiivas ja vierailtavia paikkoja oli paljon. Tutustuimme historiallisen nähtävyyden lisäksi paikalliseen käsityöläiskylään ja maatilaan. En ollut aiemmin käynyt maatilalla, joten olin siellä aika pihalla. Onnekseni Pierre hoiti koko retken kanssani ja tuli maatilallekin kierrättämään retkeilijöitä.

"Kuinkohan usein tulemme törmäilemään kanssasi?", Pierre kysyi minulta, kun viimeinenkin retkelle osallistuva matkailija oli saatettu takaisin hotellilleen.

"Toivottavasti usein", hymyilin.

"Oi, sitä minäkin toivon", Pierre ilahtui ja suuteli minua kämmenelle.

"Kämmenelle?!", parahti Raisa, jolle kerroin illallisella ihanasta Pierrestä.

"Joo, ehkä hivenen vanhainaikaista, mutta ehkä ihan romanttista, eikö?", puntaroin.

"Ai hivenen? Musta toi on to-del-la oldschool ja jopa greepyä", Raisa vastasi kauhuissaan.

"No eikä ole! Pierre on tosi ihana ja huomaavainen ja sillai vanhanaikaisesti tosi charmikas", puolustauduin.

"Öö, ei meidän ikäisten kuulu pitää mistään papoista. Eikä meidän ikäiset käytä sanaa charmikas", Raisa nauroi.

"Mutta on se tosi ihana. Sillei oikeasti ihana. Ei nyt kovin puoleensavetävä tai houkutteleva, mutta ihana", totesin.

Heräsin vapaapäivääni nähtyäni unta Pierrestä. Hänen aksenttinsa oli ihanan ranskalainen, sellainen surahteleva ärrä ja nouseva intonaatio. Olihan hän toisaalta aika vanha. Mutta enhän minäkään nyt enää mikään ihan teini ollut. Eikä hän lopulta ollut kuin muutamia vuosia minua vanhempi. Tai korkeintaan kymmenen. Ehkä. Toiset ihmiset ovat aika iättömiä, joten heidän iästään on vaikea sanoa. Ja jos minun ikääni jonkun pitäisi arvioida, se olisi varmasti jotain kahden- ja kolmenkymmen väliltä. Tai ehkä kahdeksantoista, koska kasvoni olivat aika sileät. Pitkä vaalea tukkani oli ihan kiva, vaikka en juuri ikinä jaksanutkaan sitä laittaa. Olin oppinut, ettei lämpimissä maissa kannattanut juurikaan käyttää muotovaahtoa tai hiuslakkaa sillä kuumuus ja kosteus litistivät tukan jossain vaiheessa kumminkin. Suurimman osan päivistä pukeuduin työvaatteisiin, joten vapaa-ajallani jatkoin mukavuus-ensin-

14

periaatetta ja hameiden lyhyys johtui kuumuudesta eikä halustani näytellä sääriäni. Toki ei niissäkään mitään vikaa ollut ainakaan sen jälkeen kun alkukauden valkoisuus oli saanut väriä pintaan. Ja poikkeuksen tekivät juhlaillat, silloin luotin pikkumustaan ja korkkareihin. Yksinkertaista ja näyttävää. Ja ennen kaikkea helppoa ja mutkatonta.

"Tavataan toimistolla", käski Espen viesti. Soitin Raisalle, jonka kanssa sovimme menevämme toimistolle yhdessä hänen hotellipäivystyksien välissä. Hotellipäivystyksen olivat yleensä silloin, kun lomalaiset olivat hotellilla eli aamulla ja iltapäivällä. Aamulla usein lomalaiset tulivat aamiaisen jälkeen tervehtimään opasta ja iltapäivällä he kävivät hotellihuoneessa siistiytymässä päivän jälkeen ennen illallista. Tästä syystä oppaiden hotellipäivystyksen järjestettiin kahdessa osassa ja väliin jäi muutaman tunnin tauko. Toisalta tunteja oli turha laskea, sillä kuukausipalkka oli sama, oli tunteja tai töitä vähän tai paljon. Ja ainakin ensimmäisen viikon alku oli osoittanut, ettei vähäisestä matkailijamäärästä johtuen töitä liikaa ollut.

Kuljimme matkan hotellialueelta toimistolle paikallisbussilla. Kausi oli vasta alussa, mutta ilmassa oli silti jo kesän lämpöä ja ihanaa odotusta. Etelä ei ollut suosikkikohteeni, mutta tähänastisen perusteella oppisin sitä varmasti rakastamaan. Kämppä oli asumismuotona luksusta ja hommat sujuivat hyvin. Raisa oli mukava, Espeen oli vielä totuttautumista, mutta kaikki vaikutti positiiviselta.

"Kuten tiedätte, me lennetään vuokrakoneella eikä myynti vedä niin hyvin kuin pitäisi. Pakseja ei ole eikä tule, vaikka kuinka Suomessa kampanjoimme. Sullahan on respakoulutus?" Espe töksäytti kysymyksen yllättävän mutkattomasti ja epäsopivasti kuin raskausuutisen hautajaisissa.

"Joo, joskus ysin jälkeen suoritin sen, kun en keksinyt muutakaan", vastasin.

"Mutta siis en ole oikeastaan harjoitteluita lukuun ottamatta tehnyt niitä töitä. Jotain pieniä sijaisuuksia vähän, mutta sitten lähdin opaskouluun ja maailmalle", jatkoin yllättyneenä kysymyksestä.

"Okei, hyvä", Espe totesi ja elehti kuin keskustelu olisi nyt päättynyt. "Okei, siis tosi hyvä. Ei tässä muuta", hän jatkoi, kun emme Raisan kanssa ymmärtäneet lähteä.

"Oliko tämä tässä? Tämänkö takia me tulimme toimistolle? Onko jotain, mitä me voidaan tehdä vai saako toinen meistä potkut?", Raisa alkoi melkein hermostua.

"Ei tässä nyt kukaan ole potkuja saamassa. Ainakaan vielä. Yritetään saada hyvää myyntiä, vaikka hankalaahan se on kun ei ole kelle myydä. Suomen päässä he yrittävät myös kaikkensa. Ei tässä ole syytä epätoivoon vaipua. Ihan vaan eteenpäin ja sillei", Espe totesi muka-kannustavasti ja lähti.

"Jep, jep. Että sellaista", totesin, kun en voinut muutakaan sanoa. Paluumatkamme Raisan kanssa linja-autossa meni hiljaisissa tunnelmissa. Raisa oli selvästi meistä se tuliluontoisempi ja hänestä näki, ettei hän purematta niellyt tilannetta.

"Onhan tämä nyt ihan perseestä", hän totesi.

"Kausi on niin hyvin lähtenyt käyntiin ja kyllähän me myydään, vaikka ei lomalaisia oikein olekaan. Mä en ainakaan halua lähteä kotiin. Enkä halua, että sä lähdet. Ei. Se ei vaan käy."

Lähdin lauantain hotellitapaamisille sekavin tuntein. Jos minulta kysyttäisiin, kumman pitäisi lähteä, valitsisinko kauden yksin vai kotiinlähdön. Olimme Raisan kanssa puhuneet edellisillan päivällisellä pelkästään Espen ilmoituksesta. Joutuisiko toinen lähtemään ja jos kyllä, niin kumpi? Miksi Espe ei lähtisi, voisiko hän hoitaa kohdepäällikön hommansa jostain muusta kohteesta? Onhan muissakin kohteissa sellaisia kohdepäälliköitä, jotka hoitavat monta kohdetta ja ovat fyysisesti läsnä vain yhdessä. Olimme analysoineet ja miettineet ilmoitusta jopa liian kanssa.

16

"Se on sitten selvä", Espe totesi ja katkaisi puhelun. Olin järkyttynyt. Miten kertoisin Raisalle? Hän oli lähdössä iltaretkelle, joten ehkä olisi paras pistäytyä hänen kämpillään ennen sitä. Paras olisi mennä heti, jotta aikaa selittämiseen jäisi tarpeeksi.

Seisoin hetken Raisan oven takana ja keräsin rohkeuttani. Minun tulisi kertoa hänelle, että yhteinen opaskautemme jäi yhden arrin mittaiseksi. Emme menisi enää yhdessä kentälle maanantaina. Hengitin syvään ja koputin. Raisa yllättyi tulostani ja ilmoitti, että retkibussi hakisi hänet pian eikä aikaa siis olisi paljoa. Hän vaikutti innostuneelta, mutta vakavoitui tajutessaan, että minulla oli oikeaa asiaa.

"Espe soitti", aloitin.

"Se sanoi, ettei meille tule tarpeeksi lomalaisia ja että tilanteeseen tulee muutos", jatkoin. Raisa katsoi minua kysyvästi ja totesi: "Eli?"

"Mä joudun lopettamaan oppaana. Mä en siis voi enää jatkaa. Teen vielä toimistohommat huomenna sun kanssa, mutta maanantaista alkaen sä joudut tekemään kaiken yksin. Tai siis yksin ja yksin, mutta kaksin Espen kanssa."

"Eli yksin", Raisa totesi surullisena, jopa järkyttyneenä.

"No joo, niinhän se varmaan käytännössä menee. Ihan paskaa."

"No on ihan paskaa. Mutta mitäs sä? Mitä sä teet, meetkö takas Suomeen?", Raisa havahtui ajatuksistaan.

"No en. Jään tänne. Tai siis Espe sanoi, että se pieni suomalainen hotelli tossa rannalla tarvitsee työntekijän ja tarjosi sitä paikkaa mulle. Siten me molemmat voitaisiin jäädä tänne."

"Ai, että susta tulisi respa?" Raisa yllättyi.

"Niin, onhan mulla siihen koulutus ja on se paljon parempi vaihtoehto kuin Suomeen paluu. En todellakaan tiedä, mitä siellä tekisin. Onhan mulla se kaupan keikkatyöpaikka, mutta sellaisena haluan sen pitää. Käyn siellä pätkän aina kausien välissä, mutta en todellakaan halua sinne kokopäiväisesti. Ja varsinkaan nyt kun mun piti olla koko kesä täällä ja sitten jos joutuisinkin palaamaan kotiin, niin haluan kyllä mieluummin jäädä."

17

"No ymmärrän kyllä. Kyllä mäkin jäisin. Mutta mites sitten kaikki retket ja hotellipäikyt ja kaikkiko mä yksin teen?"

"Niin kai. Tai siis sun pitää kysyä Espeltä, mutta niin kun voi kuvitella, asia on päätetty eikä siitä keskustella."

"Jep, näinhän se menee Espen maailmassa."

Lauantai-illan retki oli mennyt Raisalla hyvin, vaikka tuleva muutos pelotti häntä kuulemma aika tavalla. Minä olin tutustunut netin kautta Hotlaan ja pakannut tavaroitani. Joutuisin jättämään upean kämpän ja päätyisin taas hotellihuoneeseen aiemmin kuin kuvittelinkaan. Ymmärsin kuitenkin, että minun olisi paras myös asua työpaikallani, jotta voisin tehdä aivan liikaa ylimääräisiä työtunteja eikä minulle tarvitsisi maksaa kunnon palkkaa.

Ehdin tutustumaan luhtitalon raamattuun vain lauantaina, kun pesin talossa ensimmäisen ja viimeisen kertani pyykkiä. Samalla pyykkituvassa tapasin naapureitani ja pääsin heti tervetulotoivotusten jälkeen kertomaan heille, että lähtisin seuraavana päivänä. Tilanne oli monille uskomaton, sillä he olivat oppaina isoissa firmoissa eikä henkilökunnan vähentäminen tulisi heidän kohdallaan kuuloonkaan. Päinvastoin, he olivat tottuneet saamaan uusia kollegoita pitkin vuotta, kun paksimäärät ja työmäärä lisääntyi kesän edetessä. Pesutuvalla tapaamani ruotsalainen Elin antoi mielelleni rauhan ja kertoi pihassa päivystävän pienen auton tarinan. Olin ikkunasta nähnyt auton joka ilta talomme edessä ja tunsin tilanteen jopa hieman kauhistuttavaksi. Olimme Raisan kanssa pohtineet, onko kyseessä jonkun oppaan entinen vai tuleva, josta oli tullut stalkkeri. Meidän onneksemme autossa istuva nuori mies ei ollut koskaan noussut autosta. Joskus hänellä oli ollut jopa toinen mies mukanaan. Ja siellä he olivat istuneet, joskus useitakin tunteja. Auto aiheutti minussa vilunväreitä, muttei kuitenkaan pelkoa. Harvoin olin maailmalla ollessani joutunut oikeasti pelkäämään mitään. Minua ei ollut koskaan ryöstetty tai muuten turvallisuudentunnettani horjutettu.

Toki näin työssäni paljon myös turismin nurjaa puolta: jouduin olemaan tekemisissä sekä poliisin että lääkärien kanssa. Yleensä kyseessä oli helposti hoidettavat keikat, joille paksit tarvitsivat opasta, mutta olin joutunut vakavampiakin tapauksia hoitamaan. Tällä kertaa Elin kuitenkin kertoi autostalkkerin vainoavan vain ilmaista, avointa nettiliittymää. Luhtitalossamme oli oppaille avoin verkko ja joku paikallinen nuorimies käytti tilaisuuden hyväkseen. Näin pystyi käymään vain maissa, joissa perusmukavauudet, kuten mobiilidata, oli kalliimpaa kuin hanaolut.

Sunnuntain toimistopäivä antoi vastauksia kysymyksiin. Kauden edetessäkään lomailijamäärä ei nousisi yli 50 hengen, joten Raisa pystyisi hoitamaan kentän Espen kanssa kaksin. Raisa siis olisi se, joka vetäisi isolla bussilla kuljetukset hotelleille ja tarvittaessa sendaisi eli lähettäisi kuljettajan kanssa matkaan minibussin jollekin yhdelle tai kahdelle hotellille. Kuljettajat kun tuntuivat täällä olevan ystävällisiä, joten heihin voisi luottaa. Kuljettaja kyllä heittäisi lomalaiset bussista ulos oikean hotellin kohdalla. Myös terttuja olisi vain yksi, aina siinä hotellissa, johon tulisi eniten lomalaisia. Tai jos kauden kuluessa joku hotelli muodostuisi erittäin toimivaksi, Raisa käyttäisi sitä. Myöskään tervetulotilaisuuden pitämistä Hotlalla, minun uudella työpaikallani, ei suljettu pois. Jos en olisi vuorossa respassa, voisin vetää tertun. Toivoin mielessäni, että Hotlalle ei tulisi suuria määriä suomalaisia. Toki Hotla oli sen verran pieni, vain viisitoista huonetta, joten harvoin sinne tulikaan. Halusin olla joko all in tai all out. Keskimuoto, vähän respaa ja vähän opashommia, tuntui kuormittavalta enkä halunnut sitä. Retkimyyntiä painotettaisiin tervetulotilaisuudessa, jotta keskiviikon ja perjantain hotellipäivystykset pystyttäisiin jättämään pois. Tiistain hotellipäivystykset hoitaisi Espe, jotta silloin vielä olisi mahdollisuus tehdä retkimyyntiä. Lopun viikosta lomailijat ohjattiin ottamaan yhteyttä opaspuhelimeen, joka luonnollisesti olisi aina Raisalla. Minusta ei ollut hyvä idea, että Raisa päivystäisi myös perjantaisin, koska silloin olisi hänen

19

vapaapäivänsä. Ehdotin, että silloin Espe hoitaisi päivystyksen eli vastaisi puhelimeen ja viesteihin. Näin ollen Raisa saisi vapaapäivänsä, mutta pääsisi vetämään kaikki retket, kenttäpäivän ja tertun sekä sunnuntain toimistopäivän. Suunnitelma oli tehokas. Tuollaiseen viikkoon, johon ei kuulunut hotellipäivystyksiä, olisin minäkin ilolla suostunut. Espe ei kuitenkaan suoriltaan suostunut opaspuhelinta ottamaan, hän kun oli kohdepäällikkö, mutta lupasi palata asiaan myöhemmin. Epäilin, että Raisalla tulisi olemaan opaspuhelin ihan koko kauden ajan.

Hello Mom!
Lomalaiset tuli ja tuli iso muutoskin: mä meenkin hotelliin töihin!
Uutta jännää siis tiedossa!
T: Sara

Luku 3

Sunnuntai-iltana toimistopäivän ja hotellikierroksen jälkeen Raisa oli ottanut minut ja matkalaukkuni kyytiin ja vienyt meidät Hotlalle. Halasimme ja jätimme haikeina hyvästit. Emme olleet fyysisesti kaukana toisistamme, mutta emme olleet enää työkavereita. Me molemmat myös tiesimme, että Raisan täyteen ahdettu työaikataulu ja minun uuden työn opettelu ei antaisi paljoa vapaa-aikaa kummallekaan. Saati, että se vapaa-aika saataisiin sopimaan yhteen. Emme kuitenkaan hyvästelleet niin kuin aina kauden lopussa on tapana hyvästellä paikalliset. Aina luvataan soittaa ja viestittää ja olla yhteydessä, mutta todellisuudessa ihmiset unohtuvat. Välillä mietin, kuinka monia ihmisiä olin unohtanut, joiden kohdalla olin ajatellut, että varmasti heitä en tule koskaan unohtamaan. Tietenkin kaikki olivat jättäneet jäljen elämääni, mutta paljon hauskoja ja rakkaitakin ihmisiä oli vain kadonnut maailman tuuliin pois ajatuksistani. Oli paljon ihmisiä, jotka olin joskus tuntenut. *Now you´re just somebody I used to know.* Raisa ei tulisi olemaan sellainen, koska tulisimme näkemään Hotlalla varmasti. Tosin Espe oli suunnitellut, että Hotlalle tulevat lomalaiset Raisa voisi sendata kentältä ja minä voisin vastaanotossa kertoa kaiken oleellisen. Saisi nähdä, miten käytäntö tulisi toimimaan.

Hotla oli pieni, vain viidentoista huoneen kokoinen kodikas hotelli meren rannalla. Hotla ei oikeastaan ollut hotelli vaan ennemminkin pensionaatti. Sen omisti suomalaispariskunta, joiden elämä Hotla oli. Pariskunta oli jo aika iäkäs, mutta toimeliaita he kyllä olivat. Ehkä he olivat tulleet Etelään unelman perässä perustamaan pientä hotellia ja saaneet iänkaikkisen riippakiven. Tai ehkä Hotla oli heidän unelmansa. Ehkä vielä kuulisin heidän tarinansa ja totuutensa asiasta.

Heräsin aamulla omasta pienestä huoneestani. Tämä huone erosi normaalien hotellien huoneista. Toisin kun yleensä pienet kopperoiseni,

21

tämä ei ollut lainkaan tunkkainen tai ahdistava. Tämä huone oli toki pieni, erittäin pieni, mutta silti kodikas ja rauhallinen. Näkymä pienestä puisilla ikkunaluukuilla suojatusta ikkunasta oli upea. Ikkunasta näkyi vain pilkahdus merta, mutta sekin oli enemmän kuin niin usein nähty betoninen naapuritalo. Tästä käynnistyisi minun harjoitteluviikkoni ja minua jännitti!

Pääsin heti aamiaisen jälkeen tositoimiin. Lähdin pariskunnan rouvan kanssa siivoamaan huoneita. "Marthan lapsi on kipeä, joten hän ei voinut tulla ja siksi minun, ja nyt myös sinun, täytyy tehdä tämä tänään", rouva selosti meidän hakiessamme siivouskärryä varastotilasta. Oli lohduttavaa nähdä, että Hotlassa oli pienempiä huoneita kuin minun huoneeni, sillä siivouskärryt olivat ahdettuna koppiin niin, että jouduimme ne repimään ulos. Tosin vieraillessani hotellin asuinhuoneissa tunsin hävinneeni arpajaisissa. Jokaisesta huoneesta oli upea näkymä. Toki minunkin huoneestani näkyi meri, mutta ikkuna taisi olla paitsi pienempi, myös matalammalla kuin muissa huoneissa. Hotlan huoneet olivat kaikki kauniita ja kodikkaita. Vaaleita ja pehmeitä. Yksinkertaisia, mutta ei niihin tultukaan aikaa viettämään vaan nukkumaan ja heräämään aamuisin levänneinä. Etelässä elämä meni hukkaan, jos vietti sitä sisätiloissa.

Siivosimme rouvan kanssa vain kuusi huonetta. Vain kolmesta huoneesta lähti lomalaisia kotiin ja kolmen huoneen lomalaiset tahtoivat välisiivouksen. Lähtevien huoneiden siivous vei huomattavasti enemmän aikaa kuin jatkavien siivous. En ollut koskaan ymmärtänyt, miksi lomalaiset tarvitsivat välisiivousta. Miksi viikon aikana piti käydä petaamassa heidän sänkynsä ja tyhjentämässä parin roskan takia roskakori. Nykypäivä ei enää vaihdettu pyyhkeitä joka päivä toisin kuin vielä muutamia vuosia sitten. Aiemmin peditkin pedattiin puhtailla lakanoilla joka ikinen päivä. Se oli luksusta, josta maksettiin, kunnes alettiin ajattelemaan paitsi rahaa, myös luontoa. Eihän ollut mitään järkeä vaihtaa kerran käytettyjä pyyhkeitä tai petivaatteita: pyykkääminen oli paitsi aikaa vievää ja kallista myös epäekologista. Lähtevissä huoneissa kaikissa kolmessa oli pedit pedattuna. Tämä on etenkin suomalaisten matkailijoiden suosima tapa: peti pedattiin ennen kotiin lähtöä. Mutta siinä ei ollut mitään järkeä! Siistijät joutuivat käyttämään enemmän aikaa petivaatteiden pois repimiseen pedatusta sängystä kuin mytätystä sängystä. Myös pehmolelut, yöpaidat ja muut vastaavat unohtuivat enemmin pedatun sängyn uumeniin kuin ronskiksi ravistettuihin peittoihin.

Tippiä löytyi kahden huoneen pöydältä. Se oli iloinen yllätys, sillä etenkään suomalaisilla ei ollut tapana jättää tippiä. Näissä kahdessa huoneessa ei ollutkaan ollut suomalaisia, joten tämäkin päivä vahvisti teorian. Suomalaiset olivat ylipäätään huonoja tippaajia ja tottumattomia palkitsemaan hyvästä palvelusta. Etelässä tippaaminen oli osa kulttuuria ja siitä sanottiin aina arribussissa tai viimeistään tervetulotilaisuudessa. Aina oli tosin tarpeen sanoa, että huonosta palvelusta ei tulisi tipata, vaikka palveluammattien palkat äärettömän huonot olivatkin. Palkat olivat laskettu niin, että tipit kuuluivat osaksi palkkaa. Se, jos joku motivoi tekemään työnsä kunnolla ja olemaan palvelualtis.

Kuusi huonetta oli nopeasti siivottu ja lopuksi sulloimme siivouskärryt takaisin koppiin työntämällä ovea kiinni kahdestaan kaikin voimin.

Hotlan henkilökuntaan kuului pariskunnan rouvan ja herran lisäksi siistijä-Martha ja keittiössä aamiaisen valmistava Luise. Luise toki hoiti myös kaiken muun keittiöön liittyvän. Aamiainen vaati jo niin paljon, ettei pariskunta ollut edes suunnitellut lounaan, saati illallisen tarjoamista. Joskus he kuulemma unelmoivat isojen teemajuhlien pitämisestä ja joskus olivat niitä pitäneetkin. Kuitenkin he halusivat keskittyä majoitustoimintaan. Etelässä oli ravintoloiden kesken kova kilpailu, joten siinä pärjätäkseen olisi pitänyt olla uniikki ja uudistua koko ajan. Aamiainen sai riittää ja minusta se sopi Hotlan viehättävään ja kotoisaan tunnelmaan hyvin. Olihan toki siinäkin tehtävää. Luise hoiti kaiken ruokaan liittyvän, kuten tilaukset, tarjoilut ja tiskit.

Pariskunta hoiti siis itse suurimman osan Hotlan asioista. Toki Marthan ja Luisen antama työpanos oli korvaamaton, mutta silti pariskunnalle jäi juoksevia asioita, varaukset ja vieraista huolehtiminen, talon ylläpito ja korjaustyöt sekä iso pino paperihommia, mikä byrokratiaan tottumattomassa maassa ei varmasti ollut helppoa. Ymmärsin heti ensimmäisenä päivänäni, että Hotla oli pyörinyt ilman minuakin, mutta minun avullani pariskunta saisi helpotusta ja voisi jopa nauttia elämästään. He eivät olleet enää nuoria, joten minun toivottiin tuovan Hotlaan innovatiivisuutta ja uutta energiaa. "Voisihan sitä some-hommaakin kokeilla", rouva totesin tajutessaan, mihin kaikkeen minun taitojani voisi käyttää.

Lähes kaikki Hotlan vieraista tuli ennakkoon sovitun ja maksetun varauksen kautta. Vain harvoin ovelle tultiin kysymään huonetta ilman varausta ja vielä harvemmin Hotlassa oli tyhjiä huoneita vapaana. Hotla oli viidellätoista huoneella juuri sopivan kokoinen ja helposti hallittavissa. Yöllä ei koskaan vastaanotto ollut auki sillä vieraiden saapumisajat olivat aina tiedossa. He kun yleensä saapuivat lentäen muista maista. Ja vaikka lento myöhästyi, pariskunta oli vierailijoita odottamassa vaikka keskellä yötä. He antoivat oikeaa palvelua ja se sai Hotlan tuntumaan kodikkaalta. Suomalaisia ja pohjoismaalaisiakin vierailijoita oli aina silloin tällöin. Pariskunnan rouva kuitenkin epäili Espen suunnitelman toimivuutta, sillä vaikka Hotla teki yhteistyötä matkatoimistojen kanssa, ei huonekapasiteettia useinkaan riittänyt jaettavaksi kovinkaan monelle. Uskoin siis, että toiveeni toteutuisi, eikä minun tarvitsisi pitää terttuja Hotlalla. Enkä minä enää ollut opasfirman palveluksessa vaan Hotla oli nyt työnantajani ja palkanmaksajani. Palkan, jonka suuruudesta minulla ei ollut vielä mitään tietoa. Enkä kehdannut heti ensimmäisenä työpäiväni sitä kysyä. Olin suomalainen.

"Sara, kuulitko", havahduin ajatuksistani, kun rouva selitti minulle respan varausjärjestelmästä.

"Ai, anteeksi. Niin mitä olit sanomassa", häkellyin.

"Niin, että oliko tämä sinulle tuttu järjestelmä?"

"Joo, on. Tai siis nimen ainakin muistan kuulleeni koulussa joskus. Heh. Eihän tässä työssä oikeastaan mikään ole mulle silleen tuttua, mutta opin kyllä", yritin vakuuttaa.

"Mutta eihän täällä ole sinua ketään opettamassa, kun meillä on meidän hommat ja avuksihan sinut tänne otettiin. Töihin", rouva jatkoi kiihtyneenä, muttei kuitenkaan suuttuneena. Ehkä ennemminkin pettyneenä.

"Juu, kyllä, kyllä ja siis töihin tänne tietysti tulinkin, mutta voisinko saada edes hetken tai muutaman päivän katsella ja opetella? Jos vaikka tämä viikko olisi niin kun harkkaviikko ja siiten kyllä osaan ja pystyn. Sen lupaan", totesin partiolaisen vakuuttavuudella.

"No pitäähän sinun tietysti ensin opetella. Meillä kun vaan on aina kiire eikä koskaan valmista. Mutta sitten viikon päästä osaat ja pystyt, jos kerran niin lupaat. Ja sitten voit vaikka minun puolestani pyörittää koko hotellia. Ostaa vaikka omaksi. Mutta ensin pääset tutustumaan minun kanssani tähän vastaanottoon ja huomenna Luisen kanssa keittiöön ja toivottavasti se Marthakin sieltä pian palaa."

"Kuulostaa hyvältä, tästä tulee paras kesä ikinä!" sanoin ja uskoin todella niin.

Loppupäivän ajan kävimme läpi varausjärjestelmää, joka oli helppo käyttää, koska kaikki maksut olivat hoidettu etukäteen. Varausjärjestelmä oli suomalainen Hotellilinkki. Hotelleissa oli monia erilaisia ohjelmistoja ja Hotellilinkki oli vain yksi niistä. Koska se oli suomalainen, se ei ollut kovin yleinen, mutta sitäkin selkeämpi ja helppokäyttöisempi. Systeemi sopi suomalaiseen ajatusmaailmaan ja se oli helppo ottaa haltuun. Logiikka toimi ja hädän tullen sai helposti suomenkielistä apua. Varausjärjestelmän yksinkertaisuus helpotti vastaanoton tehtäviä, sillä kaikki samassa ohjelmassa oli muun muassa siivouslistat. Myös se, että hotellin omilta nettisivuilta pääsi varaamaan huoneen, helpotti bonus-järjestelmää. Etenkin Suomessa pahimpia mahdollisia olivat suuret kan-sainväliset varausjärjestelmät, joista usein sai hotellihuoneen nettisivuja halvemmalla. Tämä johtui yleensä siitä, että huone oli economy-tasoi-nen eli sinne saattoi vaikkapa kuulua yökerhon musiikki aamuyöhön asti. Ja vielä suurempana tekijänä oli se, että varausjärjestelmän kautta ei saanut minkäänlaisia keltaisia tai punaisia tai ylipäätään minkään vä-risiä bonuksia. Ei ollut yksi eikä kaksi kertaa, kun harjoittelussa joutui vääntämään, että miksi niitä bonuspisteitä nyt ei saa. Jos maksaa vähän, saa vähän. Onneksi Hotlassa ei tarvinnut väitellä maksuista, bonuspis-teistä tai edes varatuista erilaisista huoneluokista, koska niitä ei ollut.

Seuraavan päivän olin Luisen kanssa keittiössä. Luise oli mukava ja te-hokas nainen. Hän oli suunnilleen minun ikäiseni ja meillä synkkasi heti hyvin. Hän kertoi siistijä-Marthan olevan jo hieman iäkkäämpi ja olevan enemmän rouvan tyylinen henkilö kuin Luisen tyylinen. Mutta työka-verina Martha oli kuulemma mukava. Luise selvästi toivoi minusta ys-tävää itselleen.

Aamiaisen tekeminen alkoi aina jo oikeastaan edellisenä päivänä. Aina edellisen aamiaisen jälkeen kylmäkaappiin laitettiin valmiiksi mo-net tarjottavat kuten juustot ja leikkeleet. Myös mysli- ja murokulhot täytettiin valmiiksi ja tuoreet hedelmät laitettiin kulhoihin. Aamiaisvie-raiden määrä vaikutti kattauksen kokoon. Tosin Hotlassa oli vain 15 huonetta, joten aamiaisvieraiden määrä oli vakiona jotakin viidentoista ja kolmenkymmenen välillä. Vaihtelu ei ollut isoa, mutta suuremmissa hotelleissa keitettävien munien määrä saattoi vaihdella sunnuntai-aamun ja maanantaiaamun välillä jopa sadoilla.

Aamiaisen jälkeen koitti suurin urakka: tiskaus. Hotlan keittiö oli pieni eikä siellä ollut modernia tai edes isoa tiskikonetta. Pieni tiskikone olisi ollut turha ja pesu kestänyt liian kauan. Omistajapariskunta oli suunnitellut astioiden riittävyyden. Tosin Hotlan ollessa täynnä saattoi Luisea jännittää astioiden riittävyys, jos joku kuvitteli olevansa ruotsin-laivalla ja otti monia lautasia yhden aamiaisen aikana. Astioita ei ehtinyt tiskata aamiaisen aikana, joten koko pino jäi aina jälkitöiksi. Vieraiden jättämien tiskien lisäksi oli joka aamu iso pino tarjoiluastioita ja ottimia tiskattavana ja uudelleen täytettävänä.

Siinä vaiheessa, kun vieraat olivat lähteneet, loppui hektisyys ja alkoi jopa leppoisa aika. Luisella ei ollut varsinaisesti sovittua työaikaa, vaan hän sai lähteä kotiin työt tehtyään. Noin kerran viikossa Luise teki tilaukset ja hoiti muut paperityöt, joka lisäsi hänen päiväänsä vähintään tunnin pituutta. Tiskauksen ja seuraavan päivän valmiiksi laittamisen lisäksi pöytien pyyhkiminen, suolasirottimien ja servettitelineiden täyttö sekä muut hommat sujuivat kahdestaan nopeasti. Luise oli kiitollinen avustani ja me selvästi viihdyimme toistemme seurassa. Siksi en yllättynyt, kun Luise ehdotti yhteistä illanviettoa lauantaiksi. Sunnuntaiaamuna aamiainen alkaa aina tunnin myöhemmin kuin muina aamuina, joten lauantai oli se päivä, jolloin Luise pystyi käymään viihteellä. Hänellä kun ei ollut oikeita, kokonaisia vapaapäiviä ollenkaan. Hän teki töitä seitsemän päivänä viikossa, koska päivässä työtunteja oli keskimäärin vain viisi. Hänen mielestään järjestely oli toimiva eikä hän kuulemma varsinaisesti enempää vapaa-aikaa tarvitsisikaan. Työ alkoi aikaisin, joten hän sai päivän ja illan aikana tehtyä aina kaiken, mitä halusi.

"Toki rouva on aina ollut joustava, jos olen tarvinnut vapaata. Siinä tapauksessa hän itse hoitaa aamiaisen eikä ole vielä koskaan kieltäytynyt. Tosin nyt kun sinä olet täällä, nakki taitaa napsahtaa sinulle", Luise nauroi.

"Näin mäkin epäilen", totesin hieman jo tulevaisuuden työmäärää kammoksuen.

Keskiviikkona siistijä-Martha palasi töihin ja pääsin näkemään hieman erilaista vieraanvaraisuutta. Martha todellakin oli vanhempi, tiukempi ja tuimempi kuin Luise. Martha oli Luisea enemmän iän patimoima, mutta silti pohdin Luisen jollain tavalla kaihomielistä olemusta. Hän oli

27

kyllä iloinen, mutta hänen silmistään näkyi kuin loputon suru. Martha puolestaan oli rempseä ja hän oli työskennellyt Hotlassa jo kauan ja koki työnsä kunnia-asiana. Pääsin siivoamaan Marthan kanssa ennen kuin otin ensimmäiset vieraani vastaan. Sisäänkirjaus sujui hyvin, ohjelmistoa oli helppo käyttää ja asiakaspalveluasenteeni tuli esiin kuin itsestään vierailijat nähdessäni. Hotellivierailijat poikkesivat monessakin mielessä matkaoppaan pakseista. Toki oppaalla oli aina enemmän huolehdittavia, mutta myös kaikella tavalla paineita enemmän. Opas edusti pakseille konkreettisemmin kaikkea sitä, mikä meni hyvin tai huonosti. Hotellin respa oli enemmänkin apuhenkilö, kun häntä tarvittiin, muttei muuten toiminut hotellinsa kasvoina. Hotellissa oli oikeat seinät ja puitteet, jotka olivat hyvin tai huonosti. Matkaopas puolestaan oli ikään kuin nuo seinät lomamatkalle, joka piti sisällään kaiken lomaan liittyvän. Kukaan ei kuvitellut hotellin respan muuttuvan ilmastointilaitteeksi tai pehmeäksi tyynyksi, jos jokin oli hotellissa huonosti. Oppaan taas kuviteltiin poistavan pilvet taivaalta ja tuovan kamelikaravaani matkalaisten luo sormia näpäyttämällä. Oppaalla oli vastuu matkailijan koko lomasta, hotellin respan harteille ei kaadettu kaikkia suruja ja ongelmia. Oikeastaan olisi kiva olla vaihteeksi vähän stressittömämmässä työssä, ajattelin tämän tajuttuani.

Alkuviikkoni Hotlalla oli käynnistynyt hyvin. Olin tutustunut omistajapariskuntaan, keittiön Luiseen ja siistijä-Marthaan. Aurinko oli paistanut joka päivä ja hotellialueen valoisuus piristivät mieltäni. Kesä oli selvästi vielä edessä ja luonto oli ehkä jopa vihreimmillään. Heräsin uuteen työhöni ja arkeeni yhtä aikaa luonnon kanssa. Raisan kanssa vaihtelimme nopeita viestejä ja hänelläkin meni ihan kivasti. Töitä oli paljon ja tottuminen uuteen arkeen otti toki häneltä hieman aikaa. Torstaina eli neljäntenä harkkapäivänäni tunsin jo osaavani hommani. Päivä täyttyi ulos- ja sisäänkirjaamisesta sekä Luisen ja Marthan auttamisesta. Myös rouva oli tyytyväinen nopeaan oppimistahtiini ja perjantaina hän oli mielestään opettanut minulle kaiken oleellisen. Toki ymmärsin mutkia vielä tulevan ja minun törmäävän moneenkin arvaamattomaan seinään, mutta perushommat alkoivat olemaan hallussani ja rouvakin näki sen. Lauantaina tuntui, että työasiat alkoivat jo luistaa varmasti. Tai ainakin jotenkuten. Alkuviikolla kaikki uusi aiheutti pienen shokkitilan ja tunteen, etten ikinä opi kaikkea tätä, mitä pitäisi oppia. Nyt asiat olivat kuitenkin jo tulleet tutuimmiksi ja tunteet tasaantuneet. Breku eli aamiainen ja siivous oli selvää, vastaanotossa toiminta pääosiltaan myös. Varmasti tulisi vielä monia tilanteita, jolloin sormi menisi suuhun, mutta niistä selvittäisiin sitten kun niiden aika olisi. Nyt oli hyvä mieli ja huominen vapaapäivä kutkutti mielessä. Tänään lähtisimme Luisen kanssa ulos, pääsisin tutustumaan uusiin ihmisiin ja näkemään Etelän iltaelämää. Lopulta kuitenkin uusien ihmisten virta näännytti minua tavalla, johon en osannut vielä ennen iltaa varautua.

Luise oli kaunis, vain vähän minua vanhempi. Hän oli hyvin etelämaalaisen näköinen: tummapiirteinen ja paksutukkainen. Kun aloitimme iltamme pienestä tunnelmallisesta pubista, koin hieman ulkonäköpaineita ja alemmuutta pitkissä vaaleissa hiuksissani, jotka kulkivat päätä myöten kuin mutavyöry. Olin valinnut päälleni tietenkin pikkumustan, kuinkas muutenkaan. Yksinkertainen on kaunista. Ja helppoa, sillä pikkumustan ja korkkareiden kanssa ei koskaan tarvinnut miettiä väriongelmia tai yhteensopivuutta. Oli laukku tai korut mitkä tahansa, ne sopivat aina.

"No, onko sulla tarkoituksena löytää heilaa täältä Etelästä?" Luise kysyi kepeästi tilattuamme drinkit. "Täällä nimittäin valinnanvaraa riittää ja tuollaiselle blondille seura on taattua", hän jatkoi.
"No, yhden haluaisin. Tai ainakin yhden aina vain kerrallaan", nauroin.
"Entäpä sinä, onko sinulla joku?", kysyin.
Luisen ilme muuttui ja hän katsoi surullisilla silmillään suoraan silmiini. "Ei ole. Ei enää", hän aloitti ja piti pitkän tauon. "Ei enää, mutta oli. Me oltiin yhdessä ihan nuorista asti. Mentiin naimisiin heti kun saatiin, elettiin yhdessä monta vuotta ja suunniteltiin yhteistä perhettä ja

tulevaisuutta. Oltiin onnellisia. Tahdottiin samoja asioita ja haaveiltiin yhdessä. Me ei koskaan menetetty sitä kipinää, hän sai vielä vuosienkin jälkeen perhoset lepattamaan mahassani. Sitten hän meni pois. Hän kuoli."

En tiennyt mitä sanoa. Sopersin olevani pahoillani, mutta todellisuudessa olin järkyttynyt. Nyt ainakin löysin selityksen Luisen surulliselle ilmeelle. Seurasi pitkä hiljaisuus. En osannut sanoa mitään, eikä Luise halunnut sanoa enempää. Hiljaisuuden rikkoi Luisen tekopirteä kiljahdus: "Mutta se siitä. Tänään juhlitaan, ei murehdita menneitä."

Rakkaan kuolemasta kertominen drinkkien äärellä kieltämättä vaikutti alkuillan tunnelmaan. Teimme kuitenkin molemmat parhaamme saadaksemme juomat alas ja tunnelman ylös. Minusta oli hienoa, että Luise oli luottanut minuun ja avautunut. Hän myös selvästi oli valmis pitämään hauskaa ja tuulettamaan päätään.

Hotellin lähellä oli paljon kivoja ravintoloita ja pubeja sekä alempana keskustassa myös yökerhoja. Tiesin paikoista vain vähän, sillä aloitusbileissä olimme Raisan kanssa keskittyneet vain pariin paikkaan. Luise onneksi tiesi parhaat paikat ja näytti minulle useita kivoja pubeja. Illan edetessä sekä meidän äänen volyymi, juomien promillemäärät ja juttuseuran vaihtumistahti kiihtyivät.

Mistä näitä ihmisiä oikein tuli? Minusta tuntui, että kaikki halusivat vähintäänkin jutella kanssani, suurin osa tosin myös tanssia ja osa lähteä kotiinsa kanssani.

"Mitä nämä ihmiset oikein haluavat musta", kysyin vilpittömästi hämilläni Luiselta.

"Ai niin kuin tutustua, viedä kotiin vai vihille? Eiköhän jokaisella oli omanlaisensa motiivit", Luise nauroi.

"Mutta jos mietitään prosentuaalisesti, niin moniko näistä haluaa oikeasti tutustua muhun?", kysyin vakavissani. En ollut koskaan ennen törmännyt tilanteeseen, että miehet ihan kirjaimellisesti tuuppivat toisiaan tuoleilta päästäkseen puhumaan kanssani. Tilanne oli häkellyttävä.

30

"Veikkaisin jotain lähempänä nollaa kuin sataa", Luise nauroi hyväntahtoisesti ja jatkoi: "mutta vain se yksikin riittää, eikö?"

Sunnuntaiaamuna menin solidaarisuudesta aamiaiselle auttamaan Luisea. Tosin hän ei tuntunut paljoa apua tarvitsevan, hän hoiti hommansa vankalla kokemuksella. Uskon silti, että muutaman lautasen tiskiin kantaminen ja parin pöydän pyyhkiminen oli minulta ennemminkin osoitus siitä, että olen ystävällinen ihminen kuin varsinainen apu.

"Olipahan ilta", Luise totesi.

"Jep, mutta hauskaa oli. Kiitos siitä! Oli mukavaa nähdä vähän paikallista meininkiä", vastasin.

"Oli mukava jutella ja tutustua suhun, vaikka jouduinkin jakamaan sut muutamankin miehen kanssa", Luise nauroi.

"Ai muutaman, musta niitä oli kymmeniä", nauroin takaisin.

Ciao Mamma!
Tää mun uusi työpaikka on kiva, pieni hotelli. Kaikki on tosi kaunista täällä!
T: Sara

Luku 4

Olin onnellinen, etten ollut lähtenyt kenenkään matkaan lauantai-iltana ja pystyin sunnuntaina toimimaan pahan krapulan ja väsymyksen sijaan. Kieltämättä maanantaiaamuna alkava työviikko jännitti. Epävarmuutta lisäsi käytännön asiat, joista emme olleet rouvan kanssa sopineet. Minkä pituisia päiväni olisivat, entäpä palkka ja saisinko yhden vai kaksi vapaapäivää viikossa? Vastauksen osaan kysymyksistäni sain työsopimuksesta, joka odotti minua respan tiskillä. Työtuntimäärä ei ollut valtava, mutta se voisi jakautua jopa kolmeen eri osaan päivässä. Töitä siis tehtäisiin silloin, kun niitä oli eli vierailijoiden tullessa ja lähtiessä. Toki myös paperihommat kuten uusien varauksien vahvistaminen ja huoneiden jako etukäteen vaatisivat aikaa. Puhelin soi silloin tällöin, tavarantoimittajat kävivät respassa ja sähköpostejakin kilahti tasaisin väliajoin.

Koska Hotlassa oli vierailijoita aina eri maista, oli heidän tulo- ja lähtöpäivänsä aina eri. Isoissa hotelleissa, johon vietiin bussilasteittain esimerkiksi suomalaisia, oli viikossa yleensä yksi tai kaksi vaihtopäivää, jolloin puolihotellia tai enemmänkin vaihtui ja silloin henkilökunnalla oli kiirettä. Pienessä hotellissa kiire jakautui tasaisemmin enkä alkuvaikutelman perusteella uskonut, että työ tulisi minua kovin paljoa rasittamaan. Olisin vain oikeassa paikassa oikeaan aikaan, hoitaisin hommani ja kaikki sujuisi.

"Muista aina tarkistaa lentoaikataulu muutoksen netistä, ettet turhaan odota vierailijoita, joiden lento on myöhässä", rouva ohjeisti minua. Tämä vinkki osoittautui kesän aikana äärettömän tarpeelliseksi, sillä lennot olivat useammin myöhässä kuin aikataulussa. Etelän kenttä oli pieni ja merituuli välillä arvaamaton, siksi aikataulut muuttuivat jatkuvasti. Lentojen tarkastaminen ja niiden mukaan joustaminen sekä aina oikeaan aikaan oikeassa paikassa oleminen oli aika työlästä. Työ ei ollut raskasta, mutta se oli kokonaisvaltaista ja sitä oli paljon.

32

Toisinaan oli kevyitäkin päiviä. Tulevana maanantaina minun pitäisi vain tsekata muutama huone ulos ja illalla ottaa muutama huone vastaan. Marthalla olisi hyvin aikaa siivota huoneet eikä päivän pitäisi poiketa normaalista mitenkään. Illalla viimeisenä piti aina tehdä yöajo, jolloin päivän menot ja tulot kirjattiin. Yöajo oli määrä tehdä nimensä mukaan yöllä, mutta koska respa oli yöt kiinni, tehtiin se viimeisenä illalla. Pääasia oli, että yhden vuorokauden aikana tehtiin yksi yöajo. Tilitykset ja rahaliikenne tasattiin siis vain kerran päivässä. Yöajo antoi raportin päivän rahaliikenteestä ja sitä piti verrata myyntitietoihin, jotka tulostettiin koneelta. Jos kaikki oli hyvin, summat täsmäsivät ja homma oli selkeä. Jos summat eivät täsmänneet, oli korjaaminen hankalaa enkä minä olisi sitä yksin osannut vielä tehdäkään.

Hotellin respassa ei uutena työntekijänä törmännyt samanlaisiin uskottavuusongelmiin kuin matkaoppaana. Vakiovalheeni uudessa kohteessa oli, että olin ollut maassa jo paljon kauemmin kuin todellisuudessa olin ollutkaan. Usein matkaoppaana parissa päivässä täytyi ottaa haltuun koko kohde, tutustua retkiin, paikallisiin tapoihin ja paikkoihin. Hotellin respassa ei tällaista vaadittu. Tokin osasin jo kertoa lähimmän ruokakaupan ja bussipysäkin sekä parhaat ravintolat ja vaellusreitit. Kukaan ei kysynyt minulta, kauanko oli ollut Etelässä tai Hotlassa. Eikä sillä oikeastaan ollut merkitystäkään, koska päätyöni oli ojentaa avain ja antaa ylimääräinen muhkea tyyny. Matkaoppaana taas kantoi taakkaa koko loman onnistumisesta harteillaan. Oli sitten huono sää tai tököröitä paikallisia, oli se aina oppaan syy. Respassa hotellin ulkopuolisiin asioihin puuttuminen oli vain hyvää palvelua. Kukaan ei odottanut minun puuttuvan muihin kuin hotellia koskeviin asioihin. Kaikki muu oli parhaassa tapauksessa plussaa ja vinkeistä sai usein erityiskiitoksia.

"Hei! Oletteko lähdössä kotiin?...No, miten teidän lomanne sujui?...Niinkö, onpa mukava kuulla. Olitteko tyytyväisiä huoneeseenne?...Onpa mukava. Kiitos teille ja tervetuloa uudelleen!"

33

Vierailijoiden ulostsekkaus ja kotiinlähtö oli yleensä nopeaa ja kivutonta. Kaikki hyvin, kiva, kiitti ja moi. Tervetuloa uudelleen!

Maanantain aamupäivä sujui nopeasti ja kaikki rullasi kuin itsestään. Päivällä kävin kävelyllä, sillä olin tottunut oppaana siihen, että vapaa-aika saattoi koostua päivän aikana monesta pienestä osasta. Silloin kun oli vapaa-aikaa, oli tehtävä kivoja juttuja, ei linnoittauduttava huoneeseen katsomaan ohjelmia. Vaikka toki sekin välillä piristi, mutta näin alkuvaiheessa kautta oli tärkeää päästä sisään paikalliseen elämään. Rauhalliset kävelyt kultahiekkaisen uimarannan yläpuolella kulkevalla vuorenrinnetiellä olivat luksusta. Ei tietoakaan Suomen sateista, pimeydestä tai kylmyydestä. Lähes loputon auringonpaiste ja maisemat, joihin ei koskaan kyllästynyt.

"Hei ja tervetuloa! Millä nimellä teillä on varaus?...Katsotaanpa, kyllä vaan...Olette kahden hengen huoneessa viikon ajan, eikö?...Hienoa ja siihen vielä allekirjoitus. Kiitos. Tässä on huoneenne avaimet, huoneeseen pääsette tuosta vasemmalta. Aamiaisaikataulu, vastaanoton aukioloajat ja muuta pientä hyödyllistä on kirjattuna tähän infolehtiseen. Onko teillä kysyttävää tai voinko jotenkin vielä auttaa?...Hienoa. Tulkaa kysymään, jos jotain tulee ja vielä kerran tervetuloa." Tämä oli illan vakiorimpsu, jonka sanoin ensimmäistä kertaa yksin aurinkoisena maanantaina ja jonka tulin sanomaan lukemattomia kertoja kesän aikana. Se meni hyvin, kuin pyörällä ajo, mietin tyytyväisenä.

No niin, ensimmäinen oikea työpäivä takana. Jes. Kaikki meni hyvin ja jäljellä oli enää yöajo. Muutamia klikkauksia koneelta, ruksit oikeaan paikkaan ja enteriä, siinä se. Printteri vingahti ja paperinippu tulostui. Helppo homma sekin. Päivä oli ollut onnistunut ja tyytyväisenä käperryin oman pienen huoneeni sänkyyn odottamaan huomista.

"Mitä olet tehnyt?" rouva kiihtyi. "Teit eilen yöajon maanantain puolella vaikka se oli tehty jo maanantaina. Ei sitä saa tehdä kahta kertaa saman vuorokauden puolella. Nyt on kaikki tilitykset sekaisin."

Aluksi en edes ymmärtänyt, mistä rouva oli kiihtynyt. Kun tajusin mokanneeni, minua hävetti. Minua hävetti niin paljon, etten osannut edes sanoa mitään järkevää. Miksi ihmeessä menin tekemään yöajon tarkistamatta, ettei sitä oltu jo aamulla tehty! Ja sehän oli jo tehty, nyt siitä kuulin selvästi ja kovaa. Minua hävetti niin paljon, että suunnittelin tatuoivani "tarkista yöajo"-tekstin käteeni. Se olisikin hieno lisä, sillä minulla oli vasta yksi tatuointi, jonka olin ottanut edellisessä kohteessani Saarella. Saarella olin ollut rakastunut. Tai ainakin luulin niin. Olin ollut rakastunut paitsi Saareen, myös pomooni. Ja siitä reissusta ihoani koristi ikuisesti muisto. Samanlainen kuin Pomollakin oli. "Matching tattoos on niin out", oli Raisa todennut, kun aiemmin kerroin hänelle tatuointini tarinan. En toki kertonut Pomosta tai suhteestamme, koska se oli paitsi firman säännöissä kiellettyä, myös moraalisesti arveluttavaa. Pääpiirteissään olin tarinan kertonut ja Raisan reaktio oli odotettu. Ehkäpä rakkaustatuoinnin kaveriksi voisin nyt ottaa järkitatuoinnin, joka muistuttaisi minua olemaan sähläämättä työssäni.

En osannut tulkita rouvaa sen jälkeen kun huutokonsertti loppui. Hän oli selvästi vihainen ja ehkä myös pettynyt minuun. Se ei haitannut, sillä niin olin minäkin. Hän rauhoittui nopeasti, mutta hyväntuuliseksi hän ei palautunut. Tiesin mokanneeni eikä hän antanut minun unohtaa sitä nyt tai tulevaisuudessakaan.

Tiistaina ei ollut saapuvia, joten lähdin illalla kävelylle ja päädyin Hotlan lähellä sijaitsevaan baariin. Vasta sisällä muistin käyneeni baarissa Raisan kanssa tulobileissä eikä ilta muistaakseni päätynyt hurraa-huutoihin. Astuttuani sisään katseeni kohtasi baarimikon kanssa, joten poiskääntyminen oli myöhäistä.

"Neiti ennustaja, kato moi", baarimikko-Mikko huikkasi jo kaukaa.

Jep, hän kyllä näytti muistavan tulobileillan.

"No siis teknisesti ottaen mä en varsinaisesti ole ennustaja vaan vain kerran soitin sellaiselle, että sinänsä", sopersin.

"Kuka sä sitten oot?", kuului hyväntuulinen vastakysymys.

"Sara. Mä oon Sara. Suomesta, niin kuin nähtävästi säkin. Sä oot Mikko, etkö? Muistan, kun nähtiin silloin yksi ilta."

"Jep, baarimikko-Mikko, niin kuin silloin nauroit niin, että olit pudota tuolilta."

Hienoa, hyvä ensivaikutelma oli siis jo tehty. No, tätä ei voinut enää mokata.

"Mä olen odotellut sua käymään, kun lupasit tulla," baarimikko-Mikko jatkoi.

"Ai lupasinko? Tai siis joo. Täähän on tässä ihan Hotlan lähellä ja ihan kiva paikka ja silleen, että varmasti tulen käymään kyllä", sopersin.

"Joo, kyllä sä kovaan äänen tulemisesta huutelit", baarimikko-Mikko nauroi.

Jep, jep.

Käyntini baarissa oli aika pikainen, vaikka juttelu Mikon kanssa sujui ja hän vaikutti mukavalta. Juotuani kokiksen ja lähdettyäni takaisin Hotlalle tajusin, etten ollut hetkeen ajatellut yöajo-mokaani. Tunnelma Hotlalla oli ollut painostava enkä osannut riidellä saati sitten sopia rouvan kanssa. Olin saanut hetkeksi ajatukseni pois tapahtuneesta, joten tiesin asioiden vielä järjestyvän. Seurasi tästä baarikäynnistä siis jotain hyvää-kin.

Työ Hotlalla soljui omalla painollaan eteenpäin. Hotla oli mukavan pieni ja kaikki asiat hallittavissa. Uusia asioita tuli eteeni tasaisesti, mutta kaikkiin löytyi aina apua ja ratkaisu. Rouva ei lähtenyt kauaksi ja keittiöstä löytyi Luise, jolta sain avun lisäksi virkistäviä keskusteluhet-kiä.

Perjantaina rouva halusi keskustella kanssani. "Nähdään tasan kello kolme vastaanotossa", hän sanoi jo tutuksi tulleella vakavalla äänen-painolla. Kiva, nytköhän oli se hetki, kun heti ensimmäisen viikon jäl-keen saisin potkut. Tilanne ei sinänsä ollut minulle uusi, koska Saarel-lakin jouduin pelkäämään pitkän ja asiattoman reklamaation vaikutuksia. Rouva Toiskonen oli painunut mieleeni varmasti loppuelämäkseni, sillä potkut olivat se lievin asia, mitä hän minulle vaati. Onnekseni Pomo ja pitkän kauden aikana annetut näytöt pelastivat työpaikkani. Mutta nyt minulla ei ollut Pomoa pelastamassa tai työnäyttöjä vielä annettuna. Paitsi alkuviikon tyritty yöajo. Työnäyttö sekin.

"Palkka-asiasta haluan puhua", rouva aloitti tasan klo 15, kun tapasimme respassa.

"Et potkuista tai siitä mun mokasta?", kysyin ihmeissäni.

"Ai mistä?"

"No kun mokasin sen yöajon ja ajattelin, että siitä tulee seuraamuksia ja koska olen ollut vasta viikon, niin helppohan minut olisi laittaa menemään", selitin jo hieman hätääntyneenä.

"Älä tyttö-kulta höpsi. Se yöajo saatiin korjattua ja virheitähän sattuu. Emme me sinusta eroon halua. Päinvastoin, saat vaikka koko Hotlan itsellesi, jos rahasta sovitaan", rouva nauroi äidillisesti ja jatkoi: "ja siis rahasta puheenollen, haluaisin puhu sinun palkasta. Se maksetaan kahden viikon välein käteisenä. Onhan se ok? Tämä summa on pienempi, koska ensimmäisestä viikosta saat vain puolikkaan palkan, koska olit harjoittelijana. Onhan tämä ok?"

En edes ehtinyt vastata rouvan kysymyksiin hänen jatkaessaan: "eli tässä 75 euroa, ole hyvä."

Anteeksi mitä, kysyin mielessäni, muuten onneksi ääneen. Yllätyin summan vähyyttä niin paljon, että sain soperrettua vain kiitoksen. Rouva taisi nähdä yllätykseni, koska selitti, kuinka tämä on Etelässä tapana ja saanhan minä ilmaisen asumisen ja aamiaisen. Tämä oli totta, mutta en ollut ajatellut, että mistään työstä maksetaan vähemmän palkkaa kuin matkaoppaantyöstä. Oppaan palkka oli yleensä kohderiippuvainen ja saattoi vaihdella paljonkin. Halvoissa maissa, kuten Egyptissä, kuukausipalkka oli muutaman sata euroa kun taas Euroopan kalliissa kohteissa palkka oli tuplaten isompi. Toki oppaat saivat ilmaisen majoituksen. Ja usein, jos majoitus oli hotellissa, kuului sopimukseen vähintäänkin aamiainen tai joskus päivällinenkin. Ja tietenkin useista ravintoloista sai hyviä alennuksia tai jopa ilmaista ruokaa, joten syöminen ei tullut kalliiksi. Matkamuistot ja tuliaisostokset sai usein hoidettua yhteistyöliikkeiden kautta, jotka hyvin sujuneen kauden päätteeksi antoivat oppaille ilmaiseksi tuotteitaan. Mitä enemmän liikkeeseen vei asiakkaita ja mitä enemmän he ostivat, sitä enemmän oppaat saivat provikoina koruja tai viiniä. Myös liikkuminen oli usein järjestetty ja oppailla oli auto käytössään, johon maksettiin polttoaine. Kännykkäliittymäkin oli usein firman maksama tai ainakin he antoivat pienen summan kuussa oman prepaid-liittymän lataamiseen. Rahaa ei siis oppaan palkasta juurikaan säästöön jäänyt, mutta kyllä sillä eli ja hurvittelikin. Respan palkan riittävyydestä en ollut ihan yhtä varma.

Onneksi olin saanut loppupalkkani opastyöstä, joten tulin varmasti selviämään seuraavat kaksi viikkoa ennen seuraavaa, oikeaa palkkaa. Silloinhan saisin ruhtinaallisen satasen. Jes!

Budjetin keveys tulisi vääjäämättä vaikuttamaan paitsi vaatehankintoihini, myös viikonloppusuunnitelmiini. Enpä tainnut paljoakaan kokista läheisessä baarissa nauttia, jos palkkani olisi niin surkea. Hetken mielijohteesta ajattelin käydä kertomassa asiasta baarimikko-Mikolle. "Tiedätkö mitä? Mä voin tarjota sulle yhden kokiksen vaikka joka päivä, jos tuut tänne ilahduttamaan mun työpäiviä", baarimikko-Mikko sanoi ja vinkkasi silmää. Vatsanpohjassani muljahti. En tiedä, johtuiko se Mikon silmäniskusta vai ajatuksesta ilmaisista kokiksista.

Sunnuntaina sain yllätyksenä suomalaisvieraita, jotka Raisa vain pudotti Hotlalle. Raisa ei ehtinyt asiaa tarkemmin selittämään, mutta Espe oli rouvan kanssa asiasta sopineet. Suomalaiset olivat siis hotellinvaihtajia ja lähtisivät jo seuraavana päivänä takaisin kotiin. En ajatellut asiaa sen enempää vaan pariskunnan seisoessa tiskini edessä toivotin heidät tervetulleiksi. Ja millä nimellä -kysymykseen suomalaiset miehet vastaavat aina katsomalla rouvaansa. Tälläkään kertaa pariskunta ei tehnyt poikkeusta vaan mies ei vastannut minulle mitään, katsoi vain

38

vaimoaan. En tiedä, johtuuko se siitä, etteivät he tiedä vai uskalla kertoa omaa sukunimeään. Rouvat onneksi aina pelastavat tilanteet ja kertovat minulle hiljaa huokaisten olevansa Virtasia tai Korhosia. Ja aina liian hiljaa. Joka ikinen kerta liian hiljaa. Aivan kuin perheen sukunimi olisi jokin salaisuus tai ehkä hävettävä asia, mutta aina se täytyy sanoa hiljaisella äänellä. Ja mitä vaikeampi nimi, sitä epäselvemmin ja hiljaisemmin suomalaiset sen sanovat. On minun onneni, että hotellissa on vain vähän huoneita, joten yleensä yhytän oikean perheen ja nimen katsomalla arrilistaa, jossa lukee saman päivän saapuvat matkailijat. Pahinta on, jos tulijoissa on sekä Lehtisiä että Lehtosia tai jos varauksen tekijän nimestä ei olekaan varmuutta. Olikohan se nyt minun vai sinun nimellä vai meidän yhdistelmänimellä? Just näin. Tai ehkä perheenne koiran nimellä, tekisi mieleni usein kysyä. Pitkät ja vaikeat nimet ovat usein helppo hahmottaa muminasta, joten vähemmän Niemisiä ja enemmän Asplund-Rosendahleja, kiitos!

Salut maman!
On ollut jännä viikko tutustua uuteen työhön, mutta oon saanut jo uusia kavereita. Kaikki hyvin siis!
T: Sara

Luku 5

Kun työt alkoivat helposti sujumaan, arki rytmittyi ja elämä soljui eteenpäin, oli helppo antaa ajatusten lentää. Näin joka aamu pienen kaistaleen merta, aurinko paistoi ja elämä hymyili. Kun kaikki oli hyvin ja seesteisesti, huomasin ajattelevani yhä enemmän ja enemmän baarimikko-Mikkoa. Loppuviikosta huomasin, että olin käynyt hänen luonaan baarissa kokiksella joka päivä, yhtenä päivänä jopa kahdesti. Jossain vaiheessa viikkoa baarimikko-Mikko oli esittänyt toiveen, vakavan toiveen. "Mun on nyt pakko ottaa tää asia esille. Ihan pakko," hän sanoi.

Sydämensykkeeni kiihtyi ja pääni kehitteli jo mitä kummallisempia asioita, kun kuvittelin, mitä hän tulisi sanomaan.

"Pakko pyytää sulta yhtä asiaa", hän jatkoi pidettyään liian pitkän tauon.

Mieleni alkoi kehittelemään jopa ällöttäviä pyyntöjä, joita hän nyt voisi minulta pyytää.

"Voitko lopettaa sanomasta mua baarimikko-Mikoksi ja kutsua ihan vaan Mikoksi?" pyyntö olikin täysin kohtuullinen eikä sisältänyt mitään ällöttävää tai perverssiä.

"Toki, sori, joo siis voin tietysti", sopersin huojentuneena hänen pyynnöstään.

Suhteemme Mikon kanssa alkoi rytinällä. Tai no suhteemme ja suhteemme, mutta ainakin jonkinlaiseksi nopeasti ystävyydeksi syventyneeksi suhteeksi sitä pystyi jo nimittämään. Vietimme paljon aikaa yhdessä, sillä hän oli aina töissä ja minä olin aina baaritiskillä kokiksella, kun en ollut hotellilla töissä. Yleensä kyllä lähdin ennen suurimman iltaryysiksen tuloa ja annoin hänen keskittyä välillä töihinsäkin. Minä olin kaikesta uudesta niin väsynyt, että menin ajoissa nukkumaan ja heräsin lintujen lauluun aikaisin vain hieman auringonnousun jälkeen. Elämäni oli kevyttä, kuin harsopilveä, jota kehysti kullankeltainen auringonpaiste. Mikon kanssa oli ihana viettää aikaa. Ei ollut yllätys, kun huomasin ihastuneeni häneen. Hän oli komea, ystävällinen, hauska ja välillämme selvästi oli kipinöitä. Ihastustani syvensi tieto siitä, että hänkin tunsi samoin. Hänen oli pakko tuntea, hän käyttäytyy niin. Hän katsoi kauniilla silmillään syvälle silmiini ja aina tilaisuuden tullen kosketti kättäni. Joskus hän jopa pyyhki hiussurtuvan kasvoiltani korvan taakse. Tunnelma välillämme oli huumaava ja joka sekunti hänen kanssaan halusin suudella häntä. Eräänä iltana hän kuitenkin ehti ensin.

Kevyt tunnelmani mureni hetkessä, kun palasin hotellille iltavuoroon. Olin jutellut Mikon kanssa lähes kolme tuntia ja kaiken lisäksi olin unohtanut syödä. Tajusin asian liian myöhään ja päätin tuhota loput sipsipussistani respassa seisomisen aikana.

"Näin ei voi tehdä! Ei kerta kaikkiaan", rouvan raivo odotti minua respassa ennen kuin sain sipsipussini edes auki. Näin aulassa vihaisen näköisen perheenäidin, jolla oli pieni itkuinen lapsi sylissään. Tilanteen totisuutta lisäsi äidin edestakainen kävely ja lapsen tutin lussutus.

"Huoneiden jaot on tehtävä huolella. Nyt perhe on joutunut kärsimään sikajengin meluamisesta ja ovat hyvin pahoillaan", rouva avasi tilannetta.

"Anteeksi, mikä perhe ja mikä jengi?" kysyin vilpittömästi ihmeissäni.

"Tuo perhe, jolla on pieniä lapsia, on joutunut olemaan sikajengin naapurissa. Sikajengi on se kolmen miehen porukka, jotka tulivat eilen", rouva selvensi ja jatkoi: "Sikajengi on aina paha naapuri."

"Mutta enhän mä tiennyt mistään sikajengistä", yritin puolustautua.

"Sikajengissä on kolme suomalaista yrittäjää, jotka tulevat tänne aina samaan aikaan joka vuosi. Heidät laitetaan yleensä tuonne kulmahuoneeseen, jotta eivät häiritse muita. Ja tänä vuonna heille onkin annettu hyvä huone ja seinänaapurista perhehuone. Melua on kuulemma ollut kamala ja lapsetkin kärsineet", rouva jatkoi tuohtuneena.

"Olen pahoillani. En tiennyt. Eikä ne mitään sanoneet aamulla. Tai ottaneet yhteyttä yöllä", puolustauduin.

"No nyt ottivat. Saan heille huomenna uuden huoneen, kun ruotsalaispariskunta lähtee, mutta ensi yö niiden pitäisi vielä kestää."

"No jos puhun niille possuille?" ehdotin pelastaakseni edes vähän tilannetta.

"Puhuin jo. He ovat niin humalassa, että tulevat toivottavasti sammumaan ennen yötä. Niin on käynyt ennenkin", rouva alkoi jo rauhoittua. Hotlassa ei ollut paljoa tilaa sillä se oli pieni, rinteeseen rakennettu vanha talo. Huoneita oli kahdessa kerroksessa ja niistä kaikista oli merinäköala. Huoneet kuitenkin olivat pieniä ja yleensä kaikki aina täynnä. Tästäkään syystä ei ollut paljoa valinnanvaraa, mihin huoneeseen tulijat laitettiin. Jotta tämän vierushuonekatastrofin olisi saatu vältettyä, olisi huoneiden jakaminen pitänyt aloittaa jo pitkälti edellisellä viikolla. Vierailijat kun tulivat ja menivät eri päivinä, jotkut olivat yhden yön ja jotkut useamman viikon. Enhän minä voinut tietää kyseisen porukan olevan öykkäreitä. Mistä olisin voinut tietää? Näin ajattelin omassa päässäni, mutta rouvalle en viitsinyt inttää vastaan. "Kyllä, moka oli minun, olen pahoillani", totesin, koska näin pääsin helpommalla.

"Ei sinusta koskaan voi tulla kunnollista hotellinpitäjää, jos et osaa ottaa kaikkia, siis ihan kaikkia, pienimpiäkin asioita huomioon", rouva vielä nuhteli painottaen tuplasti sanomaansa kaikkia.

Sain osani sikajengistä heti samana iltana. Onneksi jo illalla, sillä näytti siltä, että rouvan ennustus kävisi toteen. "Sulle olisi täällä haettavaa", Mikko kirjoitti. Ajattelin ensin hänen flirttailevan, mutta hyvin pian viestien sävy muuttui jopa vaativaksi. "Nyt. Pitäisi kyllä hakea nämä nyt", hän selvensi. Minulta ei kestänyt kauaa tajuta sikajengin olevan Mikon baarissa, kun hän lupasi auttaa kantamisessa. Menin baariin ja sikajengi olikin viittä vaille kantokunnossa. He piristyivät hieman nähdessään minut ja kertoivat olevansa Suomesta. Tunsin kotimaaylpeyttä. Lisäksi he kertoivat olevansa lihantuotantoyrittäjiä ja tituleerasivat itseään sikajengiksi. Olin aiemmin kuvitellut rouvan antaneen heille pilkkanimen, mutta herrat itsekin käyttivät sitä jopa ylpeinä.

"No niin possupojat, eiköhän me Saran kanssa saatella teidät nyt nukkumaan", Mikko totesi vakuuttavasti mutta provosoimatta. Hän oli selvästikin saattanut yhden jos toisenkin umpihumalassa olevan

42

untenmaille. Miesten jalat kantoivat yhä, vaikka askel olikin aika hidas. He olivat jo väsyneitä eikä suun soittoa tai törkeitä ehdotuksia tullut, niin kuin olisi voinut kuvitella. Toki Mikon läsnäolo saattoi rauhoittaa heitä. Se rauhoitti ainakin minua.

"Että semmoinen jengi tänään", Mikko totesi, kun saimme hotellihuoneen oven sikajengin takaa kiinni.

"Jep, olihan taas tämäkin. Kiitos avusta, en olisi selvinnyt ilman sua", sanoin vilpittömästi kiitollisena.

"Viimeksi kun Saarella hoidin tällaista yrittäjäporukkaa, sain sietää aika paljon kaikenlaista. Nyt ei sentään kukaan käynyt mua perseestä kiinni", muistelin edelliskauden asiakaskohtaamisia.

"Oikeasti?" Mikko ihmetteli.

"Jep, oppaan työssä kun kohtaa kaikenlaista. Nämä olivat siis oikeasti siistejä suomalaisia moniin muihin verrattuna." Naurahdimme molemmat, jonka jälkeen jäimme kiinni toistemme silmiin. Seisoimme Hotlan sisäpihalla jättimäisen violettina kukkivan jakarandapuun alla. Ilta oli pimeä, mutta lämmin. Meren pauhu kuului alhaalta ja hetkeksi kaikki pysähtyi. Mikko astui lähelle minua, veti yhä lähemmäs ja suuteli. Samassa minusta tuntui kuin puun kukat olisivat sat[a]neet päällemme ja meri olisi vaihtanut sävelmäänsä. Olin taivaassa.

"Mun huone on ihan tossa vieressä", sanoin hetken päästä vaikka tajusin, että olin yhä työvaatteissa ja respassa odotti vielä hommia.

"Ja mun koti on toisessa suunnassa", Mikko totesi, antoi vielä muutaman suudelman ja lähti.

Jäin seisomaan yksin pihaan, jossa nyt tuuli tuntui nousevan ja yön kylmyys laskeutuvan. Kuulin läheisestä huoneesta lapsen itkua ja lähdin nopeasti respaan tekemään illan viimeiset työt loppuun.

Mikolta ei tullut viestiä.

Heti herättyäni tiesin, että minun pitäisi selvittää asia. Tai siis selvittää, mihin eilinen johtaisi. Tiesin, ettei pari pusua ollut suuri juttu, mutta toivoin todella, että siitä alkaisi jotain suurta. Tajusin, ettei Mikko ollut kirjoittanut minulle illan tai aamun aikana, mutta naivina lähdin silti päivällä tapaamaan häntä. En ajatellut, että eilisen jälkeen mikään voisi olla huonosti. Päinvastoin.

"Tietty olen hieman sekaisin tunteistani ja ajatuksistani", Mikko selitti vaivautuneesti.

"Ai olet. Tai siis niin tietysti. Olenhan mäkin joo, mutta kyllä se eilisiltä kuitenkin niin kun plussan puolelle menee. Ihan kirkkaasti", yritin keventää tunnelmaa tajuamatta, miksi se edes oli näin raskas. Miksi Mikko otti suudelmat niin vakavasti? Molemmathan me niitä haluttiin eikä ne varmasti kummallekaan yllätyksenä tulleet.

"Niin mut kun helppohan sun on, mutta onhan tämä nyt mulle paljon isompi juttu", hän jatkoi.

"Ai on vai?" kummastelin.

"No on tietysti. Mutta kyllä mä ymmärrän, että sä et ymmärrä."

"Okei. No mutta mites tästä eteenpäin?"

"Niinpä. Sanopa se", Mikko totesi jopa vähän surullisena.

"No voidaanko nähdä tänään? Siis monelta pääset töistä, tehdäänkö jotain? Tai jotain?"

"No ei voida", vastaus tuli tylysti, mutta jatko oli jo pehmeämpi: "Tai en mä tiedä."

"Musta olisi kiva nähdä. Mennään vaikka syömään tai rannalle. Mulla on huomenna oikea vapaapäivä", mietin, mikä tässä nyt oli niin vaikeaa.

"No jos mä vaikka palaan asiaan. Sopiiko?" Mikko kysyi lähes virallisella äänellä.

Ja niin minä lähdin epätietoisuuden vallassa ja hämilläni. Eilen olin ollut taivaassa ja nyt siellä taivaassa salamoi. Tai ei edes salamoinut vaan synkkä sadepilvi oli peittänyt sen. Toivoin, että olisi edes salamoinut sillä Mikon välinpitämättömyys oli ehkä pahinta. Ei hän sitten ollutkaan niin loistava keskustelija, kun olin kuvitellut. Ainakaan nyt hänestä ei saanut mitään irti.

Enkä saanut häneltä mitään koko iltana. Hän ei vastannut pyyntööni lähteä syömään tai rannalle. Kolmen viestin jälkeen lopetin minäkin yrittämisen.

Vapaapäiväni aamuna päätin käydä aamiaisella ja samalla tietenkin autoin hetken Luisea. Hetken pohdin, kertoisinko hänelle, mitä oli tapahtunut. Hän tiesi minun viettävän paljon aikaa lähipubissa ja syykin oli varmasti hänelle selkeä. Emme kuitenkaan olleet hetkeen kunnolla jutelleet tai tehneet mitään yhdessä, joten koin vaikeana avata sisäistä elämääni noin vain. Päädyimme juttelemaan pinnallisista asioista molempien keskittyessä astioiden kantoon ja tiskaamiseen. Edellisillasta, Mikon radiohiljaisuudesta ja aamun vaivaantuneesta tunnelmasta Luisen kanssa jäi sisälleni paha olo. Tunsin hetken koti-ikävää. Minulla oli ikävä Suomeen omien ystävieni ja perheeni luo. Sinne, missä kaikki oli helppoa. Tai no, ainakin helpompaa kuin täällä vieraassa maassa vieraiden ihmisten keskellä. Sitä paitsi Suomessa oli toimivat kuivausrummut ja tehokkaat imurit. Ikkunoista ei vetänyt eikä papukaijat yrittäneet huoneisiin sisään. Kaikki oli tutumpaa ja juuri nyt kaikki vieras tuntui raskaalta.

Koin koti-ikävää tasaisen varmasti joka kohteessa. Syynä ei ollut aina niinkään kohde tai siellä olevat ihmiset vaan ylipäätään kotoa poissaolo. Vuosien aikana koti-ikävä yllätti minut ehkä useammin kuin ennen. En niinkään kaivannut ruisleipää tai saunaa vaan elämisen helppoutta. Olin vielä nuori, mutta tajusin jo nyt, että elämän ei aina pidä olla vaikeaa. Toki maailmalla oli aina omat helpottavat tekijänsä: miellyttävä ilmasto, halpa hintataso ja uudet jännittävät elämykset. Kaikilla asioilla oli puolensa ja nyt Etelä ja sen negatiiviset puolet nousivat ajatuksissani päällimmäisiksi.

Pohdin kauan, jäisinkö kylpemään huonoon mieleen ja ruokkimaan itsesääliäni vai pakkaisinko tavarani ja lähtisin rannalle. Vaikka pohdintani kesti kauan, en päässyt päätökseen ennen kuin ovelta kuului koputus. Matkalla pienen huoneeni halki ehdin miettimään seitsemää eri ihmistä, jotka oven takana voisi olla. Eniten pelkäsin jostain uudesta mokastani huomauttamaan tullutta kiukkuista rouvaa tai väsynyttä vierailijaperheen äitiä itkevän vauvan kanssa. Eniten toivoin Luisea, joka lähtisi kanssani uimaan. Tai oikeasti eniten toivoin Mikkoa, joka oven takana olikin. Oven avaaminen oli meille molemmille selvästi yllätys, mutta mieluinen sellainen. Tuijotin häntä enkä tiennyt mitä ajatella. Hän ei ollut vastannut viesteihini, mutta seisoi nyt ovellani.

"Moi", hän aloitti tunnustelevasti.

Päässäni pyöri ajatuksia pitkään, mutta lopulta tajusin tervehtiä minäkin.

"Oon pahoillani, oli tyhmää jättää se toissapäiväinen ja eilinen sillei kesken. Tai ei tyhmää sillä ehkä se just oli järkevää ja ehkä tämä on vielä tyhmempää", Mikko selitti kunnes hiljeni, astui huoneeseeni kynnyksen yli, sulki oven ja hymyili leveästi.

Sinä päivänä emme päässeet rannalle tai syömään, mutta kuulimme meren valtavan pauhun ja maistoimme uudenlaisia makuja enimmäkseen toistemme huulilta. Päivä oli kiihkeä ja ihana, juuri sellainen kuin olin kuvitellutkin. Tai ehkä jopa parempikin.

"Mun pitäisi varmaan kokea tästä huonoa omatuntoa tai jotain, mutta en mä kyllä tunne", Mikko totesi rauhallisena.

"Ai. Okei. Mutta sehän on vaan hyvä", naurahdin ihmeissäni ja jatkoin: "Eli et kadu?"

"En", Mikko totesi, hymyili ja suuteli minua tuhannetta kertaa.

"Mulla on pari kiireisempää päivää nyt töissä, mutta ehditkö huomenna käymään baarissa?" Mikko kysyi vielä ennen lähtöään.

"Totta kai ehdin. Tuun sun luo, aina kun ehdin", lirkutin Mikolle hyvästiksi.

Vapaapäiväni oli todellakin ollut rentouttava ja ajanut asiansa. Olin jälleen täynnä energiaa ja palvelin Hotlan vierailijoita entistäkin suuremmalla tarmolla. Enää en voinut pitää ylitsepursuavaa rakkauden tunnettani sisälläni vaan minun oli pakko aamiaisen jälkeen kertoa Luiselle.

"Hän on niin ihana. Niiiiin ihana", hehkutin.

"Okei, okei. Uskon. Hienoa sinulle", Luise ei ollut ihan yhtä innoissaan. "Anteeksi, et varmaankaan halua kuulla toisen rakkaudesta, kun sinä, kun sinulla tai siis", sopersin.

"Ei hätää, Sara. Kaikki hyvin. Ehkä vain pidän teidän tahtia vähän nopeana. Tunnetko sen baarimikon todella?" Luise varmisteli.

"Joo, Mikko on ihana!"

"Mutta kauanko hän on täällä?"

"No ainakin aina nämä kesäkaudet kuulemma. On ollut jo aiemminkin ja sitten talvet on Pohjois-Suomessa Lapissa laskettelukeskuksissa. Se viettää aika paljon samanlaista reissuelämää kuin mäkin", selitin.

"Ja miten teidän suhde tästä jatkuu? Kauanko se kestää?"

"En mä tiedä. Ei me sellaisesta olla puhuttu. Ehkä kauankin tai en mä tiedä", en ollut varma oliko Luise kovin varuillaan omien kokemuksiensa vai vain minun takiani.

Energiani tuli töissä tarpeeseen sillä pääsin opettelemaan kuunvaiheen laskutukset. Varauskanavat, joiden kautta suurin osa Hotlan varauksista tuli, olivat osa rahanvälitystä. Varauskanavia oli kahdenlaisia. Toiset velottivat koko summan ja maksoivat Hotlalle joka kuun viimeinen päivä Hotlan osuuden. Toiset taas ohjasivat kaikki rahat Hotlan tilille ja heille piti maksaa provisiot kerran kuussa. Molemmissa tapauksissa varauskanavat ottivat aina isonkin summan välistä, vaikka toki Hotla sai selvästi suurimman osan maksusta. Provisiot olivat suht samanlaisia, maksutavat vain vaihtelivat. Tämä toi mukanaan kuun viimeiseen päivään paljon paperihommia. Olisin odottanut rouvan tekevän laskutustarkistukset, mutta hän halusi opettaa minut tekemään ne. "Osaat sitten tämänkin", hän perusteli ja minä otin hyvät opit vastaan kiitollisena.

Laskujen tarkastus vaati aikaa ja keskittymistä. Onneksi kyse ei kuitenkaan ollut kenenkään hengestä, joten kaikki virheet olivat aina korjattavissa. Tosin virheiden korjaaminen oli vaativaa puuhaa, se tuli todistettua jo aikoinaan mokatun yöajon kohdalla. Enkä minä olisi pystynyt korjauksia tekemään vaan homma olisi jäänyt rouvalle, joten oli parempi keskittyä kunnolla.

Töiden lomassa mielessäni leijaili ajatukset Mikosta ja ihanasta yhteisestä ajastamme. Ehdin iltapäivällä käymään baarissa, mutta yllätyksekseni hän ei ollutkaan siellä. Viestittelimme illan ja hän kertoi olleensa juuri tukussa. Kaljaa kun piti ostaa urakalla, koska sitä kului. Myöhään illalla hän kertoi sikajengin tulleen baariin ja varoitti minua jo valmiiksi. Onneksi tällä kertaa possupojat pääsivät Hotlaan omin jaloin ja perhe oli saanut huoneen toiselta puolen hotellia.

Hola Mamá!
Aurinko paistaa ja täällä on ihanaa!
T: Sara

Luku 6

Maanantaiaamuna hymyni oli herkässä, sillä ajattelin heti herättyäni Mikkoa. Hymyni leveni entisestään saatuani puhelun Espeltä. Katselin kännykän näytölläni välkkyvää Espen nimeä ja pohdin hetken, vastaanko. Päätin kuitenkin vastata. Ja hyvä, että vastasin, sillä hän tarjosi minulle töitä. Ei mitään tervetulotilaisuuden pitoa vaan retkioppaan keikkaa. Raisa oli sairastunut ja Espe joutui yksin vetämään kentän ja tertun. Kuitenkaan hän ei pystyisi vetämään huomista kaupunkikierrosta eikä keskiviikon kokopäiväretkeä. Torstain paikallinen elämä -retkelle Raisan olisi jo paras olla terve. Eihän sitä nyt kolmea päivää pidempää voinut sairastaa tai jos sairasti, niin sitten pitäisi lääkäriltä vaatia tehokkaammat tropit. Sovimme, että juttelen rouvan kanssa ja mikäli hänelle sopii, niin vedän tiistain ja keskiviikon retket. Ennen puhelun loppumista Espe vielä epätoivoisesti yritti saada minut pitämään illalla tervetulotilaisuuden. Jouduin kieltäytymään töihin vedoten, vaikka todellisuudessa paloin halusta viettää aikaa Mikon kanssa.

"Ja sit mulle maksetaan 50 euroa huomisesta retkestä ja 75 euroa keskiviikon koko päivän retkestä. Mieti! Saan rahaa, wuhuu!" tuuletin Mikolle illalla baarissa, kun menin töiden jälkeen juomaan kokikseni.

"Paikallisoppaat saavat paljon parempaa palkkaa kuin ihan kuukausipalkalla olevat matkaoppaat", selitin vielä ennen lähtöäni ja tajusin keskustelumme olleen harvinaisen pinnallista. Mikko ei ollut vaisu, mutta ei tavalliseen tapaansa pirskahtelevan iloinenkaan. Minä olin hersyvä oma itseni ja Mikon kanssa nauru oli aina herkässä. Kuitenkin yhdessä vietetyn päivän jälkeen juttujemme taso oli noussut syvällisten sijaan pinnallisemmaksi.

Totesimme, ettei aikataulumme sopineetkaan illan osalta yhteen. "Joudun menemään nyt ajoissa nukkumaan, kun huomenna on jännä päivä. Ja mä joudun huomenna olemaan koko illan töissä, kun aamupäivällä vedän sen retken", sanoin vielä ennen lähtöäni. "Ja keskiviikkona oon koko päivän retkellä ja voi olla, että illalla joudun olemaan vielä respassa, jos rouva niin haluaa. Tai sitten joudun käyttämään tämän viikon vapaapäiväni silloin", jatkoin vielä. "Mutta nähdäänhän taas pian?" varmistin. "Joo, tietty", Mikko huikkasi keskittyen töihinsä.

Jokin oli muuttunut, mutten jaksanut tai kyennyt ajattelemaan sitä enempää. Ehkä Mikko oli ottanut askeleen taaksepäin, mutta en nähnyt sitä leijaillessani pilvissä ja uppoutuessani töihin. Ehkä en vain uskaltanut nähdä sitä.

Heräsin tiistaiaamuun intoa täynnä. Oli ihanaa päästä taas vetämään retkeä. Ja vielä kaupunkikierrosta, joka oli lähes kohteesta riippumatta aina suosikkiretkeni. Keskellä retkeä oli hetki omaa aikaa tutustua keskustaan omatoimisesti ennen kuin jatkettiin yhdessä toiselle puolelle kaupunkia. Ajan sai käyttää tutustumalla tarkemmin pääkirkkoon tai käymällä vaikka kahvilla tai shoppailemassa. Minusta oli ihana istua aurinkoisella terassilla keskellä kaupungin hulinaa ja nauttia tunnelmasta. Ihmisiä tuli ja meni, pulut sotkivat katua ja aurinko lämmitti. Tauko oli tällä kertaa melkein tunnin pituinen, sillä retkiporukka oli pieni ja reipas. Kysymyksiä ei juurikaan ollut tullut ja kirkosta selvittiin tällä kertaa ilman jonottamista. Oloni oli ihana. Kaikki palikat olivat kasassa juuri oikealla tavalla oikeissa paikoissa. Minulla oli mielenkiintoinen uusi työ, Etelä alkoi pikkuhiljaa tehdä minuun vaikutusta, rakkautta oli ilmassa ja kaikki oli hyvin.

Voi helvetti. Juuri silloin, kun päässä muodostaa ajatuksen siitä, kuinka kiitollinen on kaikesta hyvästä ja ihanasta elämästä, näkee jotain, mitä ei todellakaan haluaisi nähdä. Näin Pomon. Pomon, joka oli rakkauteni edellisellä kaudellani. Pomon, josta oli ikuinen mustemuisto niskassani. Pomon, jonka kanssa luulin kokeneeni vuosisadan rakkaustarinan. Tai ehkä koinkin.

Pyöritin päätäni yrittäen saada ajatusta mielestäni. Näin varmasti väärin. Minun oli pakko nähdä väärin. Mies oli kävellyt ohi niin nopeasti, etten edes nähnyt häntä selvästi. Ei se voinut olla Pomo. Mieleni vain haluaa sekoittaa onnellisuushuumaani. Viime kaudella olin kokenut vahvoja tunteita Pomon kanssa ja siksi mieleni haluaa yhdistää ne nyt näihin Mikkoon kohdistuviin tunteisiin. Olen onnellinen ja piste.

Mieleni järjestämä välikohtaus ei vaikuttanut loppuretkeen vaan vedin retken loppuun asti innolla ja energisenä. Retkeltä palatessani Hotlalla odottivat työt, kuten rouva oli uhkaillutkin. "Pitäisiköhän kehitellä jotain retkikuvioita meidänkin asiakkaille?" päätin ehdottaa yhä energisenä.

"No voi kuule, onhan noita suunnitelmia ollut vaikka minkälaisia ennenkin. Ei se ollenkaan huono idea ole, mutta ei taida riittää asiakkaita, kun ei heillä ole yhteistä kieltäkään", rouva totesi ollen oikeassa. Hotlan asiakkaat olivat moninainen joukko reppureissaajista pitkäaikaisiin joogaajiin. Selkeästi oli nähtävissä trendejä, jotka olivat eri maissa eri aikaan pinnalla. Tietenkin myös netin hyvät arvostelut ja puskaradio sai tietyntyyppiset ihmiset kiinnostumaan Hotlasta, tulemaan ja suositteleman sitä taas eteenpäin. Pohjoismaista tuli eniten matkalaisia Etelään etsimään rauhaa ja hyvinvointia. He uivat, meditoivat ja vaelsivat. Ranskalaiset tulivat ruoan perässä ja panostivat merenherkkuillallisiin, jotka eivät tosin olleet armaan kotimaan veroisia. Englantilaiset halusivat pubeja ja jalkapalloa ulkomaillakin, olihan heillä ainakin Euroopan - jos ei jopa koko maailman - paras kulttuuri. Ajatukseni olivat hyvin stereotyyppisiä, mutta respan tiskin takana sain paljon vahvistusta ennakkokäsityksilleni ja yleistyksilleni. Olin myös aika hyvä arvaamaan matkalaisen kotimaan pelkän ulkonäön perusteella. Suomalaisilla oli kalpakka iho, ranskalaisilla oikeasti nenä pystyssä ja englantilaiset punoittivat aina.

Olisi ollut kiva ehtiä moikkaamaan Mikkoa, mutta jouduin tyytymään viestittelyyn, joka piristi iltaani ennen nukkumaanmenoa.

Keskiviikkoaamuna olin tyytyväinen, että valitsin nukkumaan menon Mikon tapaamisen sijaan. Kokopäiväretki jatkoi edellispäivän linjaa ja oli onnistunut. Etelässä todellakin oli enemmän annettavaa, mitä kyynisesti muutama viikko sitten olin ajatellut. Etelä oli selvästikin paikka, joka salakavalasti ui sydämeeni ja huomaamatta aloin rakastaa tätäkin kohdetta.

Retken jälkeen menin tapaamaan Raisaa, joka onneksi oli jo lähes parantunut. Totesimme yhdessä, että hyvä niin, sillä Espe olisi voinut vaikka lähettää hänet seuraavalla lennolla kotiin, jos tuollainen sairastelu olisi alkanut liikaa töitä häiritsemään.

"No, miten sulla on mennyt siellä hotellilla?" Raisa kysyi kiinnostuneena.

"Hyvin. Siis tosi hyvin. Opin koko ajan kaikkea pientä uutta, mutta perushommat on aika yksinkertaisia", vastasin.

"Mut oothan sä saanut koulutuksen tohon", Raisa muistutti.

"Joo, oon toki. Mutta siellä koulussa eniten opetti ne harjoittelut. Ja kyllä siellä aika monipuolisesti opetettiin kaikkea niin kun siivousta, kokouspalveluita ja kieliä. Ainakin venäjää meille opetettiin, mitä ei tietty täällä nyt tarvitse, mutta hyvä koulu se oli."

"Vieläkö lähtee kyrilliset aakkoset?"

"Kai ne aakkoset vielä ja ehkä komnata, kluts ja dabro basalovit", leuhkin vähäisillä taidoillani.

"Mui bien", Raisa nauroi ja jatkoi: "Mites muuten elämä?"

Olin hetken hiljaa. Viime kaudella olin joutunut salaamaan rakkauteni, koska ei ollut hyväksyttävää seurustella esihenkilönsä kanssa. Nyt tilanne oli eri. Emme olleet edes samassa työpaikassa. Pohdin, onko kuitenkin järkevämpää noudattaa suomalaista sanontaa onnen piilottamisesta vai pitäisikö jakaa onneni. Keräsin rohkeuteni ja päätin, että kerron vaikka koko maailmalle.

"Mä oon rakastunut", totesin ja repesin nauruun.

"Okei. Siis kehen?" Raisa hämmästyi.

"Muistatko sen baarimikon Hotlan läheisestä baarista?"

"Joo, se baarimikko-Mikko", Raisa nauroi.

"Jep. Siihen."

"Oikeasti?!" nyt Raisan reaktio muistutti jo huutonaurua. "En usko! Mitä helvettiä! Sehän oli tosi komee."

"Niinhän se on", nauroin minäkin.

"Ootteko te jo...no, tiedät kyllä?"

"Jep, jep."

"Ei oo totta!" Raisan nauru sai lisää tulta liekkeihinsä. "Saako lisäselvitystä?"

"No et saa! Eikä tästä tarvitse kenelläkään nyt huudella. Tai siis kun ei olla vielä sovittu, että mikä homma ja sillei," sanoin ja Raisa vakuutti ymmärtävänsä.

"Olipa ihana nähdä", totesin vilpittömästi lähtiessäni Raisa luolta. Oli ollut mukava nähdä häntä, vaikka emme kovin kauaa ehtineet alkukaudesta tutustumaan. Raisa kuitenkin tuntui ihmiseltä, joka tajusi ainakin tämän tilanteen hyvin. Olin tyytyväinen, että kerroin hänelle Mikosta.

"Eikö me jo tänään vihdoin nähtäisi?" kirjoitin Mikolle seuraavana aamuna, koska muistelin hänellä olevan vapaapäivä. Pohdin hetken, jatkaisinko selventävällä viestillä ja päätin olla rohkea: "On ikävä." "Joo, nähdään vaan. Monelta pääset? Mennäänkö rantaan?" Sovimme näkevämme alkuillasta, kun olisin vastaanottanut ranskalaispariskunnan. Huomasin lisätä, että alkuilta sopisi, jos lento olisi aikataulussa, mutta lisäys oli turha, sillä pariskunta oli saanut huoneensa, karttansa ja ravintolasuosituksensa jo kuuteen mennessä.

"Mitä helvettiä!" huokaisin epäuskoisena. "Miten niin sun vaimo?"

"Kyllähän sä tiesit. Kyllä mä kerroin", Mikonkin ääni alkoi jo kohoamaan.

"Mä oon monta päivää odottanut, että näkisin taas sut ja sitten sä kerrot jotain tollaista", huusin.

Itku oli tulossa. Pala kurkussa oli tukahduttava enkä saanut kunnolla henkeä. Miten romanttinen tapaaminen rannassa oli yhtäkkiä muuttunut huutokilpailuksi? Tapasimme sovitusti jyrkänteellä, josta kävelimme alas rantaan. Halasimme. Alhaalla rannalla suutelimme. Juttelimme kevyistä asioista kulkiessamme kevein askelin rannalla, josta valo oli jo hiipumassa, vaikka auringonlaskuun oli vielä aikaa. Miten keskustelu päivän töistä ja ranskalaispariskunnasta päätyi toteamukseen hänen vaimostaan? Mistä helvetin vaimosta? Tunsin itseni tyhmäksi ja huijatuksi.

"Kyllä mä silloin ekana iltana kerroin sulle. Kyllä sä tiesit. Kyllä sun piti tietää", Mikko sanoi hämmästyneenä reaktiostani. Hän näki epäuskon silmistäni ja tajusi, etten oikeasti tiennyt.

"No en todellakaan tiennyt. Enhän mä olisi mennyt sänkyyn sun kanssa, jos olisin tiennyt! Vitun urpo!" kiukulleni ei enää ollut rajaa. Huutooni sekoittuvat kyyneleet, jotka tulivat ilman loppua.

Jossain vaiheessa yötä tai jo aamua nukahdin yksin huoneessani kyynelistä märkää tyynyäni vasten.

Perjantaiaamu ei ole ikinä tuntunut niin pahalta. Ei edes pahimmassa krapulassa ole ollut niin hirvittävää pää kipua, väsymystä ja morkkista kuin aamuna, jolloin heräsin unelmani menettäneenä. Kaikki ne pilvilinnat ja haaveet ihanasta yhteisestä tulevaisuudesta sortuivat hetkessä. Ja se sai minut tuntemaan oloni huonoksi. Kahta pahemmalta tuntui tieto siitä, että Mikko todella oli naimisissa. Se tarkoitti, että hänellä oli jossain joku, joku vaimo, joka odotti häntä. En pystynyt ajattelemaan asiaa enempää.

Sairaspäivä olisi nyt enemmän kuin oikeutettu, mutta työpäivä houkutteli pääkivusta huolimatta enemmän kuin itsesäälissä yksin itkeminen. Niinpä kipulääkettä suuhun, tukka ponnarille ja hymyillen asiakkaiden eteen. Sitä ennen viiltävä kohtaaminen tapahtui Luisen kanssa aamiaishuoneessa.

"Ei nyt. En pysty", sain sanottua kun Luise tuli iloisena virnuilemaan väsyneen näköiselle vastarakastuneelle. Sen jälkeen nielin kyyneleeni ja päätin mennä nälkäisenä vastaanottotiskin taakse.

Työ todellakin oli parasta lääkettä sydänsuruihin. Oli yksinkertaisesti pakko ajatella jotain muuta ja keskittyä muuhun kuin eiliseen. Missään vaiheessa päivää ajatukseni eivät päässeet etenemään riidan ensimmäisiä rivejä pidemmälle. Ajatukseni pysähtyivät aina kohtaan, jossa Mikko sanoo sanan vaimo. Miten ihmeessä keskustelumme edes ajautui siihen pisteeseen? Ajatukseni toistivat samaa kelaa uudelleen ja uudelleen keskeytyen aina puhelimeen, ohi menevään matkailijaan tai viimeisimpänä Luiseen. Luise tuli vakava ilme naamallaan töiden jälkeen selvittämään, mikä minua vaivasi.

"Mä olen niin tyhmä. Ja mä en ihan oikeasti muistanut. Kyllä se taisi mulle silloin ekana iltana kertoa, mutta en mä vaan oikeasti muistanut", vakuuttelin hänelle kerrottuani pääpirteissään edellisillan kulun.

"Voi Sara rakas", Luise totesi sanomatta muuta. Hän halasi minua enkä halunnutkaan hänen sanovan mitään.

"Tämäkin tulee vielä jäämään taakse", hän hymyili lähtiessään. Olin vuodattanut Luiselle kaiken, mutta tajunnut, että töitä oli tehtävänä. Sovimme tapaavamme vielä illalla. Sain häneltä paljon lohtua, sillä hän oli oikeassa. Niin kuin kaikki sydänsurut tähän asti, myös tämä tulisi vielä jäämään taakse.

Illalla menimme Luisen kanssa syömään tunnelmalliseen ja pieneen rantaravintolaan. Ruokalistalla oli valittavana kolmea erilaista kalaa ja pitkä lista viiniä. En halunnut juoda viiniä, koska oloni oli edellisyön valvomisen jäljiltä kuin krapulassa. Bileiltä ei kummallakaan meistä ollut edes suunnitelmissa. Keskustelu Luisen kanssa oli juuri se, mitä tarvitsin ja kaipasin. Hänellä oli antaa neuvoja, mutta hän ei tuputtanut niitä. Hän oli ystäväni.

Olin kiitollinen, että Hotlan vähäisestä työtekijämäärästä oli löytynyt Luisen kaltainen helmi, josta oli tullut ystäväni. Martha oli myös mukava, mutta aivan eriluontoinen kuin minä. Tosin hän oli jo selvästi iäkkäämpikin ja hänellä oli oma elämänsä Hotlan ulkopuolella. Minulle ei vielä ollut selvinnyt, kuinka monta lasta Marthalla oli, mutta ainakin he sairastivat aika usein. Harvoin mitään vakavaa tai pitkäkestoista, mutta Martha oli usein pois töistä. Toisaalta ristiriitaa loi se, että kun hän oli töissä, hän selvästi piti työstään ja koki sen jopa kunnia-asiana. Hän oli ylpeä työstään. Samaa ei voinut sanoa minusta. Pidin kyllä Hotlalla työskentelystä, mutta siitä kuitenkin puuttui sellainen vauhti ja särmä, jota oppaan työssä olin tottunut saamaan. Hotellityö olisi ehkä sitten sopivaa, kun olisi lapsia ja tarvitsisi vakautta ja rutiineja. Tässä elämänvaiheessa rutiini oli minulle kirosana eikä vakaus houkutellut lainkaan. Pidin työstäni ja koin olevani hyvä siinä, mutta kaipasin sutinaa ja säpinää.

Lauantaina pitkä viikko alkoi jo tuntua kunnolla. Olimme sopineet rouvan kanssa, että ensi viikon keskiviikko olisi minulla kokonainen vapaapäivä, mutta tänään olisin töissä vain puoli päivää. Lähes täysi työviikko, alkuviikon retket ja sydämen särkyminen saivat viikon tuntumaan pitkältä ja raskaalta.

Kun vihdoin sain puolipäivää jaksettua töissä olin enemmän kuin onnellinen, että sekin työpäivä oli ohi. Ennen kuin lähdin vastaanottotiskin takaa, katsoin sisäpihalle ja sydämeni jätti lyönnin väliin. Ei voi olla totta. Hulluna kiertävät ajatukset ja väsymykset tekivät päässäni taikojaan. Ei helvetti voi olla totta. Näin pihalla Pomon. Nähdessään minut, hän hymyili. Hän hymyili valloittavaa hymyään ja siitä tiesin, ettei kyseessä ollut hallusinaatio vaan Pomo oikeasti seisoi pihalla. En tiennyt halusinko paeta takaoven kautta vai rynnätä halaamaan häntä. Päädyin kuitenkin nopeasti jälkimmäiseen ilman ryntäystä. Hymyilin ja pyörittelin päätäni mennessäni ulos. Oli ihana nähdä häntä. Tai niin ensin ajattelin. Mutta oliko todella? Tässä tilassa en voinut luottaa tunteisiini, vaikka koko viime kauden kestänyt lämmin tunne tulvi esiin nähdessäni Pomon.

"Kuulin Espeltä, että oletkin nykyään täällä", hän totesi sulkiessaan minut syliinsä tutuntuntuiseen halaukseen. Tämä oli se tuttu syli, johon olin niin monet kerrat sukeltanut ilosta, surusta ja himosta. Nyt ne kaikki tunteet tulvivat mieleeni sekoittuen sataan muuhun tunteeseen.

"Ai. Sä sit tulit. Tai siis en tiennyt, että tulet."

"Jep, sain muutaman päivän loman ja ilmaisen lennon tänne, niin mikäs tässä", Pomo sanoi pitäen yhä käsistäni kiinni. "Ja tulin sun luo."

"Ai", häkellyin.

"Mulla on ollut ikävä, vaikka ei ollakaan oltu yhteyksissä juurikaan. Miten sulla menee?"

"Hyvin. Tai siis ihan hyvin. Joo, mä siis tosiaan oon respa nykyään. Paitsi kyllä mä just alkuviikosta vedin pari retkeä."

"Sä ootkin aina ollut hyvä retkiopas. Miten muuten menee?"

"Hyvin. Tai siis ihan hyvin. Mä asun täällä, haluatko nähdä mun huoneen?" ehdin kysyä ennen kuin tajusinkaan. Pomolta ei tarvinnut odottaa vastausta, hänen silmänsä kertoivat vastauksen. Ohikiitävän hetken ajan tajusin olleeni tässä tilanteessa vain hetki sitten toisen miehen kanssa. Näin pihassa saman jakarandapuun, jonka alla Mikko suuteli minua. Ajatus oli vain hetkellinen ja se oli haihtunut päästäni jo siinä vaiheessa, kun Pomon kanssa pääsimme sisään huoneeseeni.

Kaikki tuntui niin tutulta. Pomo tuntui tutulta. Luulin jo unohtaneeni, miltä Pomon iho tuntuu, mutta joitain asioita ei ehkä ikinä unohda. Sunnuntaina oloni oli harvinaisen seesteinen. Olin nukkunut univelat pois ja viettänyt edellispäivänä kivan päivän. Pomo oli lähtenyt alkuyöstä, jotta olin päässyt nukkumaan. Sitä ennen hän oli osoittanut monella tapaa, miksi olimme niin hyvä pari. Vaikka aamulla oloni oli pirteä ja levännyt, tiesin seesteisyyteni johtuvan tekemästäni päätöksestä. Päätös oli minulle kristallinkirkas, ehkä kirkkaampi kuin mikään päätös elämässäni aiemmin. Sovin Pomon kanssa tapaamisen työpäiväni jälkeen rannalle. Valitsin tapaamispaikaksi eri rannan kuin Mikon kanssa. Saman rannan ei tarvinnut viikon sisään ottaa vastaan kaikkia tunteenpurkauksiani.

Illanhämärässä tapasimme Pomon kanssa kuohuvan meren äärellä sataman valojen valaistessa vielä lämmintä rantahiekkaa. Myös tunnelma välillämme oli lämmin ja olimme täydellisessä yhteisymmärryksessä. Sellainen meidän suhteemmekin oli ollut sisältäen erityisellä tavalla molemmin puoleista ymmärrystä. Kumpikaan ei koskaan luvannut toiselle kuuta taivaalta, mutta sen ajan kun olimme yhdessä, jaoimme yhteisen kuun ja avaruuden.

"Kiva, kun tulit. Vaikka taitaa tää olla aika selkeää molemmille, eikö?" sanoin.
"Joo, totta kai tulin. Ja niin se taitaa olla, mutta eilen oli kyllä kiva päivä", Pomo totesi.
"Jep, niin oli. Ihanaa, että ollaan samalla sivulla tämän asian kanssa, koska mua suoraan sanottuna vähän jännitti kohdata sut. Mutta käykö sormusostokset sitten huomenna?" kysyin huojentuneena.
"Mi-mitkä?" Pomon suu loksahti auki.
    En pystynyt jatkamaan vedätystäni ja sain Pomon nauramaan purskahdettuani itse nauruun.
"Kullan arvoinen hetki ja sun ilme", sain sanottua naurultani.

En tuntenut surua tai jäähyväisten lopullisuutta. "Nähdäänköhän me vielä joskus?" kysyin vakavoiduttuani.
"Totta kai nähdään", Pomo naurahti enkä voinut olla huomaamatta pientä lopullisuutta kevyessä kommentissa. "Mutta siihen asti toivon sulle kaikkea hyvää", hän sanoi, halasi minua lämpimästi ja lähti. "Moikka."

Siinä hetkessä tuo moikkaus päätti elämästäni vaiheen, jonka en edes tiennyt jatkuneen näin pitkään. Meidän rakkaustarina oli nyt saanut arvioisensa ja oikean päätöksen, mutten ollut surullinen. Tiesin, että vielä koittaisi päivä, jolloin olisin unohtanut lähes kaiken, joka hänestä muistuttaa. En unohtaisi häntä, mutta tämäkin jäisi vielä taakse eletyn elämän muistoihin. Vaikka oloni ei ollut surullinen, oli sisälläni monia muita tunteita. Halusin päästä purkamaan niitä jotenkin. Pohdin juoksulenkin ja viinipullon avaamisen välillä. En pystynyt tekemään päätöstä, joten jätin molemmat väliin. Kävelin risteileviä ylöspäin vieviä pikkukatuja pitkin takaisin Hotlalle. En pystynyt keskittymään mihinkään. En edes Raisan kanssa viestittelyyn, jolle lyhyesti kerroin, ettemme ole enää Mikon kanssa yhdessä. Lupasin selittää myöhemmin.

Hej Mamma!
Täällä meidän lähellä on paljon upeita rantoja, jossa säkin varmasti tykkäisit uida. Täällä on myös paljon tosi hyviä ravintoloita, joista saa herkullisia
mereneläviä.
T: Sara

Luku 7

Uusi viikko toi mukanaan eilisestä vahvistuneen tunteen siitä, ettei Pomo enää ollut elämänrakkaus. Mutta ei sitä ollut Mikkokaan. Harmi, ettei ollut.

Tunteet tuntuivat olevan pinnalla monella muullakin tapaa, sillä tajutuani, etten ole vielä löytänyt elämäni rakkautta, minut täytti onni. Onpa hienoa, ettei elämäni rakkaus ole vielä tullut vastaan, koska se tarkoittaa, että sellainen ihminen on vielä tulossa elämääni. Ihanaa, että on jotain mitä odottaa. Koko hotellin täytti rauhallinen, jotenkin vaaleansininen tunnelma. Suurimman osan tunnelmasta toi mukanaan suomalaismatkailija, joka saapui kuin merituuleen sekoitettu jasmiinin tuoksuinen lämmittävä auringonsäde.

"Nimeni on Reeta-Onerva ja olen onnellinen, että olen täällä", tuo pitkään kepeästi liehuvaan sifonkimekkoon sonnustautunut vanhempi rouva kertoi tultuaan luokseni respantiskille.

"Mä olen Sara ja toivotan teidät tervetulleeksi", sanoin hymyillen tuolle piristävälle ilmestykselle.

"Sara, olen minä. Minä, en me."

"Okei, toivotan sinut tervetulleeksi", hymyilin yhä.

Reeta-Onerva oli jo iäkkäämpi rouva, josta huokui tasapaino, lämpö ja rauha. Hänen äänensä oli matala, muttei iloton. Hän oli mielenkiintoinen hahmo. Mielenkiintoisia olivat myös kuusi naista, jotka Raisa pyörähti tuomassa Hotlalle. "Hei palataan siihen sun viestiin mahdollisimman pian, eikö?" hän ehti huikata jatkaessaan puoli juosten takaisin arribussinsa kyytiin. Siinä hetkessä koin pienen kaipuun oppaan työtä kohtaan. Respan työ oli mukavaa, muttei edes kiireisimpinä päivinä yhtä hektistä ja säkenöivää kuin oppaan tylsinkään päivä. Vaikka ihmiset vaihtuivat hotellissakin jatkuvasti, kaipasin myös paikan vaihdosta. Tässä työssä olin kuin lukittuna tiskin taakse, josta hyvässä tapauksessa pääsin välillä johonkin liikkumaan. Tosin liike rajoittui sisäpihan ja hotellihuoneiden välille, ettei sekään kovin paljoa ollut. En kuitenkaan ehtinyt jatkaa kaipaustani pidemmälle, kun tajusin aulan olevan puolillaan suomalaisnaisia. Kukkaryhmä, tajusin. Hotlan rouva oli edellisviikon lopulla kertonut kukkaryhmästä, joka saapui Etelään kukkia katselemaan.

"Hei rouvat! Mehän taidammekin olla jo tuttuja", toivotin kukkaryhmän tervetulleeksi.

Rouvat kaikki olivat puheliaita, mutta hetkeksi he hiljenivät kaikki. "Tapasimme viime vuonna, kun toimin Saarella teidän oppaananne, muistatteko?" En todellakaan muistanut kaikkia edelliskauden asiakkaitani, mutta näistä rouvista tunnistin muutaman. He jäivät mieleeni, koska en ollut osannut vastata heidän kysymyksiinsä. Viimeksi kun tapasin heidät, heidän kysymyksensä Saaresta koskivat muun muassa kasvillisuutta. Kerroin mielelläni kukista ja Saaren upeasta luonnosta. Rouvat olivat olleet innoissaan. Keskustelumme soljui ja aiheet pomppivat sinne tänne. Lakipiste saavutettiin siinä vaiheessa, kun minä en enää osannutkaan vastata heidän kysymykseensä. He halusivat tietää, mikä oli se Italiassa kasvava keltainen kukka. He molemmat selvästi puhuivat samasta kukasta ja yrittivät saada minuakin tajuamaan hokemalla "no se, no se se". Olisikohan kyseessä jonkinlainen timanttikukka tai hauska jänönvihma tai ehkäpä mimoosa? Viimeinen ehdotukseni oli minulle tutumpi drinkkinä ja olisin mielihyvin ottanut sellaisen vaikka saman tien.

Kukkaryhmän mentyä taisin huokaista hieman liian lujaa, sillä kauempana seisoskellut Reeta-Onerva naurahti. "Taitaa olla välillä aika menoa täällä teille, vai kuinka?" hän kysyi.

"No just itse asiassa mietin, että oppaana oli kyllä ihanaa kaikki se vauhti ja meno ja energia. Nyt vain seison tässä ja kiire kestää korkeintaan kolme minuuttia kerrallaan."

"Ehkä sinun pitää opetella nauttimaan rauhastakin."

"Niin, ehkäpä pitäisi joo, mutta en ole pitkiin aikoihin ollut näin, no, jos suoraan sanotaan, niin tylsässä työssä," hämmästyin itsekin ajatuksiani.

"Aivoille tekee välillä hyvää olla rauhassa. Se avaa uusia ajatuspolkuja ja mahdollistaa uudenlaisia ajattelureittejä. Se tekee hyvää", Reeta-Onerva vakuutti.

"Kyllä mä osaan rauhoittua. Ja välillä haluankin ja tarvitsenkin sitä. Käyn juoksemassa tai katon vaan jotain turhanpäiväistä viihdeohjelmaa. Mutta haluan, että suurin osa päivästä, kuten nämä työt, on mieluummin vauhdikkaita kuin nukuttavia."

"Toista se on sitten kun tulet tähän ikään", Reeta-Onerva naurahti. "Silloin osaa arvostaa rauhaa ja löytää ihanuuden siitäkin. Sinä Sara olet vielä niin nuori, että hyvähän se on antaa nuorille aivoille työtä."

"Mutta onko se kuitenkaan iästä kiinni vai vaan luonteesta? Onhan niitä paljon iäkkäämpiäkin henkilöitä, jotka yhä jaksavat reissata ja käydä tansseissa ja muuta sellaista, mitä nyt vanhat ihmiset tekevät. Onhan toi kukkajengikin tosi hektinen porukka!"

"Nuo nyt ovat perusluonteeltaan hölöttäviä häsliä, mikä antaa vaikutelman, että olisivat energisiä. Mukavia ihmisiä varmasti, en sitä sano. Mutta oletan heistä jokaisen olevan jo tässä vaiheessa oman huoneen rauhassa odottamassa iltalepoa ja repimässä tukisukkia jaloistaan, jotta saavat voltarenit pohkeisiin. Huokailut voi kuulla ovien taakse asti", Reeta-Onerva sanoi tyynen rauhallisena, muttei lainkaan ilkeänä.

"Saatat olla oikeassa", naurahdin. "Mutta entäs sinä sitten, oletko aina ollut yhtä tasapainoinen?"

"Ai minä, vai? No.", Reeta-Onerva hämmästyi.

"Anteeksi, ei ollut tarkoitus udella tai mitään. Ajattelin vaan kun oot niin rauhallinen ja tollei, no, seesteinen."

"Heh. Olen kuules Sara muuttunut ja kasvanut ihmisenä. Jonkun mukaan ehkä aikuistunut, minun omasta mielestäni vain viisastunut. Nuorena olin tulta ja tappuraa, mutta kolmekymppisenä alkoi meno hidastumaan, kun elämän arvojärjestys muuttui. Nelikymppisenä arkihulina täytti elämän ja kun vihdoin tajusin olevani vanha, olen hiihdellyt villa-sukat jalassa ja toivonut joka joulu joulupukilta rollaattoria. Ihan vielä en ole sitä saanut, mutta tietoisesti hidastan askeliani. Tietoisesti pysäh-dyn katsomaan ja kuuntelemaan, haistelemaan ja olemaan läsnä. Läsnä tässä hetkessä, jota ei koskaan enää saa uudelleen elettäväksi."

"Vou", henkäisin, koska en tiennyt, mitä sanoa.

"No niin Sara-kulta, minun on aika hissutella tuoksuttelemaan kukkia ja sinun on aika jatkaa töitäsi", Reeta-Onerva sanoi lähtiessään kepein askelin ulos.

"Et sä kyllä musta ole vielä vanha", huusin hänen peräänsä ja sain vas-taukseksi hyväntuulista käsien heiluttelua.

Ehkäpä tämä kesä olisi minulle kesä, kun vihdoin aloitan joogaan ja me-ditaation ja mitä näitä nyt olikaan. Pysähtymisen, hengittämisen ja muun sellaisen rauhallisen olon. Olin joskus ennenkin sitä pohtinut. Etenkin, kun tapasin joogeja, jotka aina näyttivät siltä, että he tietävät enemmän kuin minä. Heillä oli ärsyttävän lempeä hymy ja rauhallinen puhe, hallitut liikkeet eikä mitään ylimääräistä sähläämistä. Se teki mi-nuun kyllä vaikutuksen, mutta olin liian nuori itse tuolla tavalla jämäh-tämään paikoilleni. Kaipasin toimintaa!

"Onko sinulla Sara-kulta kaikki hyvin?" Reeta-Onerva jäi seuraavana päivänä aamiaisen jälkeen juttelemaan kanssani.

"Joo, on. Tai siis, miten niin", takeltelin.

"No jos nyt ihan suoraan saan sanoa, saanhan?"

Nyökkäsin.

"Minä kyllä nyt aistin, ettei kaikki ole ihan kohdallaan sinun rakkauden aurassasi", Reeta-Onerva jatkoi huolestuneena.

"Minulla on vähän sellaisia näkijänkykyjä ja nyt näen, ettei kaikki ole kunnossa. Anteeksi nyt, kun eihän tämä minulle kuulu, mutta halusin nyt ihan ystävällisesti sanoa ja kysyä, että onko kaikki hyvin."

Ajatukseni kelasivat hetken. Pim! Lamppu syttyi päässäni. Ennustaja Reeta-Onerva.

"Mutta Reeta-Onerva, anteeksi myös minun puolestani, mutta eikö se ollut Aila eikun mikä se oli? Siis mä olen soittanut sulle!"
"Voi kuinka hauskaa! Saan paljon puheluita enkä valitettavasti muista kaikkia, mutta olet Sara ihan oikeassa. Käytän yleensä ennustaessani nimeä Aila-Kyllikki. Ja siihen minulla on ihan hyvä syy. Pahoittelen, että nyt tällälailla sekoitin sinua", hän sanoi oikeasti pahoillaan.
"Ei, ei, mähän tässä olen pahoillani, kun en siis ollenkaan vastannut sun kysymykseesi!" kiirehdin pahoittelemaan.
"Mutta olet kyllä oikeassa. Rakkaudessa ei ole mennyt kovin hyvin viime aikoina. Tai siis on ja ei ja on ja sitten taas ei", yritin selittää.
"No sen kyllä näkee Sara sinusta."
"Löysin rakkauden ja menetin sen. Ja sitten entinen rakkaus tuli takaisin elämääni ja menetin senkin. Tai oikeastaan sen annoin mennä, koska niin piti tapahtua."
"Halusitko sen toisenkin menevän?" Reeta-Onerva kysyi kiinnostuneena.
"En. En halunnut. Mutta sen oli mentävä, mä en voinut sille mitään."

Juttelumme keskeytti äänekäs kukkaryhmä, joka hyväntuulisena vyöryi ohitsemme kuin pieni pyörremyrsky. He eivät kuitenkaan jättäneet tuhoa jälkeensä, joten heistä ei ollut harmia. Yksi rouvista palasi respaan luokseni juttelemaan, jolloin Reeta-Onerva nyökkäsi minulle tervehdyksen ja lähti.

"En nyt ollenkaan haluaisi valittaa, mutta", kukkarouva aloitti takellellen.
"Kertokaa vaan, olen täällä teitä varten", rohkaisin häntä jatkamaan.

"No kun nuo sängyt. Ymmärrän tietenkin, että jokaisella meillähän tietenkin oma tyyli, mutta kun nyt on niin, että ne sängyt on pedattu todella väärin", kukkarouva sai sanottua.

"Vai niin, ymmärrän. Ja milläköhän tavalla väärin, jos voitte hieman tarkentaa", sain kysyttyä.

"No kaikkihan tietenkin tavallaan, mutta peitot pitäisi vetää patjan alle eikä pussittaa keskelle, niin kuin nyt ovat."

"Aivan, ymmärrän. Otan heti yhteyttä siistijä-Marthaan ja selvitä asian", lupasin kukkarouvalla.

"No eihän nyt toki tarvitse vaivaa nähdä, mutta päätimme rouvien kanssa yhdessä, että hyvähän se on neuvoa, kun kerran paremmin tietää."

"Kyllä, kyllä, toki. Onko kaikki teillä muuten hyvin?"

"On, on, kiitos. Ja kiitos sinulle, hei nyt!"

Toivotettuani iloiset päivät, pohdin, sanonko asiasta Marthalle vai en.

"Ihan väärin itse tekevät!" Martha melusi vastaanotossa ja tiesin kertomispäätökseni olleen väärä. Asian kertomisesta selvästi seuraisi enemmän huonoa mieltä ja vastakkainasettelua kuin hyvää. Ja niin kävikin. Suomalaisrouvat petasivat sänkynsä omalla tavallaan joka aamu ja Martha kiusallaankin toisella tavalla aina välisiivouksen yhteydessä. Etelän kiivasluonteinen rouva vastaan suomalaiset itsepintaiset kukkarouvat ei ollut kivaa katseltavaa. Yritin koko viikon pysyä neutraalina petaustaiston välissä, vaikka aikamoisessa ristitulessa olinkin. Luisen halusin jättää kiistan ulkopuolelle, koska toisena osapuolena oli hänen työkaverinsa. Siksipä olisin kaivannut tukea Mikolta, mutta sitä en voinut saada.

Petausepisodin lisäksi työpäivässäni oli ollut muutakin jännittävää. Siksipä vielä työpäivän jälkeen yksinollessani pohdin, että ei voi olla totta! Hän on oikea ennustaja! Siis sama ihminen, joka aikoinaan puhelimessa ennusti minulle vaalean komistuksen. Ja ei hän ihan väärässä ollut, onhan niitäkin ollut. Uskomatonta. Päässäni alkoi soimaan

kappale: *Tää on sun päivä nojata tuuleen. Luota muhun mä nään tulevaisuu-*
teen. Miehiä on jonoks ja rakkaus on kulman takana, takana.
Ehkäpä näin.

Teki kovasti mieli laittaa viesti Mikolle, jossa kertoisin paitsi petausso-
dasta myös siitä, että tapasin ihkaoikean Aila-Kyllikin. Hän ymmärtäisi
varmasti. Olin jo lähettämässä viestiä, kunnes pettymys, viha ja katke-
ruus saivat ylivallan ja poistin sen. En lähettäisi hänelle mitään. En yh-
tään mitään, vaikka hän kuinka päivittäin viestitteli ja soitteli. Itse oli
meidät tähän tilanteeseen saattanut.

Keskiviikkona vapaapäiväni suurimmaksi kohokohdaksi muodostui
päivällinen Reeta-Onervan kanssa. Myös Raisa oli ehdottanut tapaa-
mista, mutta olin tehnyt suunnitelman jo aiemmin. Ja sitä paitsi tiesin,
että Raisa halusi tavata vain kuullakseen minun ja Mikon erosta, joten
hänen seura tai asian kertaaminen ei erityisemmin houkutellut.

"Miten mukavaa, että lähdit kanssani syömään, Sara!" Reeta-Onerva oli
vilpittömän iloinen, kun vein hänet keskustassa sijaitsevaan pieneen
tunnelmalliseen ravintolaan. Ajattelin Reeta-Onervan pitävän autentti-
suudesta ja tiesin ruoan olevan hyvää. Illasta tulikin onnistunut, vaikka
se muistutti ehkä enemmän terapiaistuntoa kuin illallista. Tosin Reeta-
Onerva ei ollut ystäväni vaan ennemminkin varttuneempi ja viisaampi
neuvonantajani. Suoria neuvoja hän ei osannut tai halunnut antaa,
mutta oli mukava pohtia Mikko-tilannetta neutraalin kommentoijan
kanssa.

En kehdannut kysyä Reeta-Onervan mielipidettä suoraan, joten kesti ai-
kaa ennekuin keskustelumme siirtyi pinnallisista aiheista mieltäni oike-
asti painavaan aiheeseen.
"Onko sinulla ollut elämässäsi rakasta?" kysyin Reeta-Onervalta.

"Voi kuule, moniakin!" hän huudahti. "Monia ihania, lyhyitä ja pitkiäkin."

"Onko tällä hetkellä ketään erityistä?"

"Voi kuule, monia niitäkin!"

"Lyhyitä ja pitkiä niitäkin?" varmistin.

"Kyllä, kyllä. Ei tässä iässä enää kannata tuhlata aikaa huonoon mieheen. Tai kannattaako sitä ikinä?"

"Ei kai. Mutta ei kai silti montaa kannata kerralla pitää?"

"Niin, ei kai sitä kannata tehdä mitään, mikä ei tunnu hyvältä."

"Ai että montakin saa olla, jos se tuntuu hyvältä?" ihmettelin.

"No ei kai nyt ihan niinkään, mutta eikös jokaisessa suhteessa sovita säännöt yhdessä?"

"Mitäs jos sääntöjä ei olekaan sovittu yhdessä vaan vain yksi ne päättää?"

"No eihän se ole hyvä, jos siitä tulee toisille pahaa mieltä."

"Mitäs jos ei tule pahaa mieltä, jos ei tiedä?" jatkoin johdattelevaa kyselemistäni.

"Ai, että jos toinen ei tiedä, niin onko se sitten ok? No siinäpä sinulla Sara-kulta kysymys."

"Niin, onhan se tosi väärin, jos toisen selän takana toimii, mutta toisaalta eihän hänelle tule pahaa mieltä, kun hän ei tiedä", järkeilin.

"Niin", Reeta-Onerva tyytyi toteamaan.

"Ja kenellä sitten kuitenkaan on oikea, lopullinen vastuu, jos suhteessa on esimerkiksi kolme jäsentä ja yksi ei tiedä, niin onko silloin ne molemmat kaksi pettureita vai vaan se yksi, joka ei kerro?" aloin päästä vauhtiin.

"Niin", sain jälleen vastaukseksi.

"Pitääkö toisen naisen kertoa sille ekalle naiselle, että sen mies on ihan petturi ja sika, koska sellainenhan se on, jos säätää toisen kanssa eikä kerro, eikö vaan?" olin jo täydessä vauhdissa eikä Reeta-Onerva ehtinyt edes ynähtää, kun jatkoin: "Vai onko se vastuu kuitenkin vaan sen miehen, koska enhän mä edes tunne sen vaimoa, niin onko mulla vastuu kertoa sille mitään? Eikä niiden suhteessa voi kaikki hyvin olla, jos toinen pettää, eihän? Mutta mä ainakin haluaisin tietää, jos mun mies olisi tuollainen."

Seurasi vakava hiljaisuus, jolloin pelkäsin sanoneeni liian paljon. "Enhän minä sinua tyttökulta voi sanoa tekemään asiaa tai toista. Itse valitset polkusi", Reeta-Onerva vain totesi lämpimästi hymyillen.

En tiennyt sainko lopulta asioita yhtään enempää järjestykseen, mutta oli ollut helpottavaa sanoa asioita ääneen. Keskustelumme aihe oli onnekseni vaihtunut ja maittavan illallisen jälkeen Reeta-Onerva teki lähtöä. Mieltäni vaivasi yksi asia, josta en ollut varma, voisinko ottaa esille. Keräsin kuitenkin rohkeuteni ja sanoin: "Saanko kysyä tosta sun nimestä?"

Reeta-Onerva naurahti: "Niin se. Joo. Käytän nimeä Aila-Kyllikki, koska se on pehmeämpi kuin tämä oikea nimeni, jossa on niin paljon ärrää. Ennustajana pitää olla pehmeä ja helposti lähestyttävä."

"Aika hyvä selitys. Ja sähän oot pehmeä ja helposti lähestyttävä oli nimesi mikä tahansa", naurahdin.

Torstaina sain haluamaani juoksemista, kun kukkaryhmän rouvat työllistivät minua pitkin päivää. Rouvien petaussota Marthan kanssa jatkui, mutta lisäksi he halusivat väritulosteita erilaisista kasveista ja kukista. Mieleeni palasi elävästi muisto alakoulusta, kun olin hölmönä sekoittanut orvokin. Olin luullut metsäorvokkia korpiorvokiksi ja sain siitä opettajalta haukut. Hölmöyttäni vielä lisäsi se, että olin yrittänyt mokani jälkeen tarjota suo-orvokkia, mikä ei sekään tietenkään ollut metsäorvokki. Nuhteet jäivät elävästi mieleeni ja kukkarouvien opettajamainen käytös nosti muistot pintaan. Tosin nyt en enää itkisi itseäni uneen, jos mokaisin heidän itsekootun kasvikirjan kanssa. Sitä paitsi mokista syyttäisin - ihan aiheellisesti - Googlen kuvahakua.

Tulosteita tehdessäni tajusin, ettei kukkarouvien projekti tulisi ikinä valmiiksi, sillä he eivät koskaan olisi täysin tyytyväisiä tuotokseeni.

Aina jäisi puuttumaan joku harvinainen orkidea tai bougainvillean suvun jäsen, tai kuva olisi liian pieni tai liian iso. Pohdin kysyväni Reeta-Onervalta tavan, jolla saisin lisää mielenrauhaa ja voisin tyytyä juuri siihen, mikä minulla juuri silloin on. Kaipasin vinkkiä siihen, miten hyväksyisin, että tämä on juuri nyt hyvä, tämä riittää. Tämä kun on parasta, mitä tällä rahalla juuri nyt saa.

"Ei me kovin tarkkoja olla", yksi kukkaryhmän rouvista vakuutti nähdessään minut kasvikirjaa väsäämässä.

"Joo, hyvä, en mäkään", naurahdin. Kukka-Liisaksi esittäytynyt nainen ei ehkä ymmärtänyt vitsiäni, sillä hän halusi varmistaa, mitä heitollani tarkoitin. Opettajamaista tämäkin.

"Ei, ei, en tarkoita, ettenkö tekisi tätä huolella, mutta tiedättehän te, kuinka paljon täälläkin on erilaisia kukkia?" selittelin.

"Kyllä, kyllä, toki tiedämme. Emmekä nyt odota sinun kirjoittavan kasvioppia uudestaan. Olen pahoillani, olemme hieman tarkkoja. Joskus jopa turhan tarkkoja. Miehenikin aina sanoi niin", Kukka-Liisa touhotti hiljentyen äkisti.

"Teen näistä nyt niin hyvät, kun mahdollista. Parhaani yritän", sanoin täyttääkseni hiljaisuuden.

"Miehelläni oli tapana huomautella tarkkuuteni lisäksi kipakkuudestani. Ja kulmikkuudestani", Kukka-Liisa jatkoi ajatustenjuoksuaan.

"Oletteko olleet kauan naimisissa?" kysyin, kun tajusin, että aihe oli hänelle tärkeä.

"Olimme. Olimme naimisissa lähes neljäkymmentä vuotta. Pitkiä vuosikymmeniä, voi kyllä. Pitkiä ja elämänmakuisia. Ja miten pian ne menivätkään. Huhheijaa, kylläpä ne menivätkin", Kukka-Liisa naurahti.

"Olivatko ne hyviä vuosia?" rohkenin kysyä tunnelman muututtua haikean iloiseksi.

"Olivat, sitä ne kyllä olivat. Tärkeintä kuule on yhteinen tulevaisuus. Tärkeintä on nähdä tulevaisuus yhdessä yhdenlaisena. Aluksi on huumaa, rakkauden pakahduntaa ja yhteinen tämä hetki. Sitten sovitaan

69

yhdessä talosta, autosta, lapsista ja eletään arkea. Sitten tulee hetki, että puntaroidaan, katsotaankos me nyt samaan tulevaisuuteen vai ei. Mitä sellaista haaveita ja toiveita meillä molemmilla on, että toteutetaanko ne yhdessä. Ja mehän toteutettiin. Me toteutettiin aina molempien haaveet yhdessä. Eiväthän ne isoja olleet. Kukkamaata, pakettimatkoja ja auto-maattivaihteinen auto. Pientähän se on aina ollut, ne haaveet", Kukka-Liisa intoutui avaamaan menneitä ja jatkoi: "Mutta yhdessä me ollaan aina samoja asioita haluttu. Aina haluttiin, että molempien toiveet to-teutuu. Elämää elettiin ja unelmat toteutettiin yhdessä."

"Viisaita sanoja", sanoin.

"No niin, tämä nyt vaan oli tällaista höpsön vanhan kukkahöperön hö-pöttelyä. Heippa nyt!"

Ja niin Kukka-Liisa meni taas.

Ajatus pitkästä parisuhteesta ja yhteisten toiveiden täyttämisestä tun-tuivat erittäin kaukaiselta. Minulle riittäisi juuri nyt joku, jonka kanssa elää tätä hetkeä. En tarvitsisi ketään jakamaan unelmiani tai ketään, jonka vuoksi tehdä kompromisseja. Silloin ajatukseni harhautuivat taas Mikkoon. Rannalla sattuneesta välikohtauksesta oli viikko aikaa enkä ollut vastannut Mikon viesteihin tai puheluihin. Tajusin, että nyt oli aika päästää vihasta irti. Oli aika mennä eteenpäin. Lieneekö syynä Reeta-Onerva, Kukka-Liisan kanssa käyty keskustelu vai loputtomasti vaativa kukkarouvien ryhmä, mutta henkinen kasvuni ja kehitykseni oli sel-västi menossa eteenpäin. Niinpä päätin, että aikuismaista olisi kohdata asia ja sovin tapaamisen seuraavalle päivälle.

Perjantai valkeni yhtä kauniina ja aurinkoisena kuin kaikki muutkin päivät Etelässä. Kuitenkin tänään tunsin entistä enemmän sisäistä rau-haa ja mielen tasapainoa. Ehkäpä Reeta-Onervan seura oli tehnyt mi-nulle hyvää. Tai sitten tylsä työni oli muuttamassa minut flegmaat-tiseksi. Odotin näkeväni Mikon ja myönsin itselleni, että olin ajatellut häntä useasti viikon aikana. Ehkä liiankin usein. Ajatukseni hänestä olivat kuitenkin muuttuneet vihan kautta joksikin neutraalimmaksi ja laimeammaksi. Apua, ehkä myös ajatukseni olivat flegmatisoitumassa! Niin tai näin, odotin iltaa.

Päivä töissä meni kukkaporukan yleisestä säheltämisestä huolimatta hyvin. Reeta-Onerva jakoi minulle jälleen viisauksiaan ja piristi entisestään iloista mieltäni. En kehdannut kertoa hänelle, että aioin tavata Mikon. Vaikka olin selvästi jo päässyt, tai no ainakin pääsemässä Mikosta yli, tunsin olevani pieni huijari. Tiesin, että tapaisin Mikon pyytääkseni häntä lopettamaan yhteydenotot. Tiesin, että pyytäisin häntä unohtamaan minut, koska minä aioin unohtaa hänet. Tiesin nämä, tai ainakin luulin niin.

Odotukseni mukana jännitykseni ja kihelmöinti vatsassani kasvoi. Olin kaivannut Mikkoa enemmän kuin olin tiennytkään ja nähdessäni hänet odottamassa minua kahvilassa, sydämessäni läikähti.

"Ai, moi. Mä tilasin sulle jo kokiksen, onhan se ok?" Mikko kysyi ja nousi seisomaan minut nähdessäni. Hänestä huokui hermostuneisuus, kun hän katsoi minua surullisilla silmillään. Emme selvästi kumpikaan tienneet, miten olisimme toisiamme tervehtineet. Olisiko halaus ollut ok vai paikallisten tavoin poskisuudelmat? Kättely ainakin olisi tuntunut tyhmältä. Sekunnissa tein päätöksen olla tervehtimättä ollenkaan, istui alas ja tartun kokikseeni. "Joo, tää on hyvä. Tää kokis."

"Mitä sulle kuuluu?" hän aloitti varovasti.

Olinko jo unohtanut kuinka komea hän oli vai oliko hän tehnyt jotain tukalleen?

"Kiitos, hyvää. Entä sinulle?" Aioin pitää keskustelun asiallisena ja pysyä itse rauhallisena.

"No ei nyt kauhean hyvää, kun en ole tavoittanut sua. Tai siis tiedän, että olisin voinut tulla käymään, mutta ajattelin ettet halua nähdä mua."

Miten ihana hän olikaan! Apua!

Ajatuksistani huolimatta pidin kuitenkin viileän linjan: "Joo, oli hyvä, ettet tullut. Kiitos siitä." Jes, onnistuin olemaan kohtelias. "Ja toivon, ettet jatkossakaan tule." Jes, viileä linja jatkuu.

"Ai niinkun ikinä, vai?" Mikko selvästi pettyi.

"Niin. Mä olen miettinyt tätä aika paljon ja joudun nyt kyllä toteamaan, että en voi olla sun kanssa. Tai siis enhän mä edes oikeasti olisi sun kanssa, kun sulla on...no, se. Ja mikään niin kun vähän ei riitä mulle. Ja on moraalisesti tosi väärin. Enkä halua satuttaa itseäni," onnistui sanoittamaan kaikki ajatukseni, joka tosin tapahtui kerralla, mutta viileästi.

"Oho, okei. Tossa on aika paljon syitä, miksi ei. Ymmärrän kyllä. Mutta oletko miettinyt, miksi joo?"

"Tä? Ai miksi haluaisin olla sun kanssa?" En ollut lainkaan varautunut siihen, että Mikko yhä haluaisi jatkaa kanssani.

"Niin. Meillähän oli kivaa yhdessä, eikö se merkitse mitään?"

"No ei. Tai siis joo. Tai en mä tiedä", hiljenin hetkeksi, kunnes jatkoin: "Tai siis tiedän. Tiedän, että moraalisista syistä en voi sitä tehdä. Joudun nyt lähtemään, joten kiitos kokiksesta ja hei hei. Hyvästi."

Pysyin viileänä loppuun asti ja sain selkeästi tuotuani yksiselitteisen kantani julki. Olin ehkä hieman kömpelö sanavalinnoissani, mutta viileä silti. Sain hienosti toimittua oikein ja lopetettua arveluttavan suhteen, joka ei kuitenkaan tulisi toimimaan. Tosin eihän opaselämän suhteet muutenkaan ikinä pidemmän päälle kantaneet, mutta tässä suhteessa oli kolmaskin osapuoli. Sellainen, jonka ei soisi tulla petetyksi.

Mikolta tuli minulle viesti, johon en vastannut: "Haluaisin yhä jutella sun kanssa."

Seuraavana aamuna mietin yhä tekoani. Olisinko toivonut tai halunnut Mikon ryntäävän perääni? Olisinko ollut valmis katsomaan, mihin suhteeni Mikon kanssa kehittyy? En tiennyt, joten hain apua Reeta-Onervalta.

"Eikö oikein tekemisestä pitäisi tulla hyvä oli? Eikö oikein toimittuaan pitäisi olla ylpeä itsestään ja tyytyväinen valintaansa?", kysyin Reeta-Onervalta.

72

"Mitä Sara tarkoitat?" hän kysyi rauhallisesti.

"Tein oikein. Sanoin sille miehelle, että en aio olla sen kanssa, kun se on naimisissa. Se on moraalisesti oikein tehty."

"Niin. Se on kyllä moraalisesti oikein tehty", Reeta-Onerva sanoi ja jatkoi rauhallisena: "Mutta onko se oikein tehty sinulle itsellesi?"

"Ai mulle? No en mä tiedä. Luulin, että tässä vaiheessa olisi jo ylpeä ja `kyllä tein oikean päätöksen` -olo, mutta ei. Ei ole ei."

"Ymmärrän. Ainahan päätöstä voi katsoa monelta eri kantilta. Moraalisesti kyllä voit tuntea vaikka ylemmyyttä, mutta onko se sitten parempi, jos muuten olo on huono?"

"Ai että voi toimia moraalia vastaan, jos itse hyötyy?"

"No ei nyt ihan niinkään. En niin sanoisi."

"Kyllä mulle on tärkeämpää toimia moraalisesti oikein kun hyötyä itse", totesin ja silloin todella ajattelin niin.

"Mutta muista Sara, että mielipide voi ja saa muuttua. Noin niin kun yleisesti elämässä", Reeta-Onerva sanoi ystävällisesti, mutta sellainen pilke silmäkulmassaan, että hän taisi oikeasti nähdä tulevaisuuteen.

Merhaba anne!
Täällä kaikki hyvin. Luonto on kaunis ja aurinko paistaa. Helle!
T: Sara

Luku 8

Maanantai toi mukanaan haikeutta ja iloa. Kukkarouvat olivat saaneet vuotuisen ryhmämatkansa päätökseen ja lähtivät kotiin monet valokuvat rikkaampina. Ja tietenkin minun tekemät kukkakirjaset taskuissaan. "Vihdoin pääsen petaamaan, niin kuin haluan", Martha tuhahti, kun luki listasta rouvien poistuvan. Rouvien poistuminen tarkoitti kotiinlähtöä myös Reeta-Onervalle. Jätimme haikeat hyvästin, mutta vakuutimme tapaavamme taas.

"Tulen tänne uudelleen, tulen luoksesi uudelleen", Reeta-Onerva sanoi rauhallisesti hymyillen vienoa hymyään.

"Toivon todella, että tapaamme taas. Olet kiva!" sain töksäytettyä hänelle.

"Sara-kulta, minä tulen kyllä tänne luoksesi uudelleen", Reeta-Onerva hymyili ja heilautti kevyesti kättään.

Jo edellisiltana alkaneet lakot ympäri Eurooppaa aiheuttivat huolta paitsi paikallisissa asukkaissa, myös muutamissa matkalaisissamme. Sunnuntaina osa Euroopan lentokentistä oli suljettu ja nyt maanantaina monet muut seurasivat perässä. Suomeen pääsi yhä lentämään eikä Etelässä juuri lakkoiltu, joten meillä ei vielä ollut hätää. Etelässä kun ei pahemmin tunnettu työehtosopimuksia tai ammattiliittoja, jotka olisivat saaneet ihmiset lakkoilemaan. Kuitenkin eräs saksalaispariskunta koki suurta hätää ja pelkäsi kotiinpaluun puolesta. Jos olisin ollut heidän oppaanaan, olisin järjestänyt vaikka lennon pois Etelästä ja bussikyydin puolen Euroopan halki. Mutta kun olin vain heidän hotellin respatyöntekijänsä, parasta mitä pystyin lupaamaan, oli huone heille niin pitkäksi aikaa kuin tarve vaatisi. Rouvan mukaan päätökseni oli ollut oikea, sillä lakot saattoivat myös verottaa meille tulevia matkailijoita. Ja saksalaispariskunta tulisi suurella todennäköisyydellä saamaan ylimenevät kulut vakuutusyhtiöltään, joten meille ei ollut huolta. Eriasia olisi ollut vaikkapa italialaisten kanssa, joilta rahat oli saatava aina ennakkoon tai heitä ei voinut päästää majoittumaan.

Viikon alku tuntui pahaenteiseltä. Ehkäpä Reeta-Onervan lähtö jätti suuren aukon ja lakkoilut lisäsivät epätietoisuutta entisestään. Minun piti olla koko ajan valppaana ja seurata maailman tilannetta. Tiistaina pommi sitten putosi sähköpostiin. Reklamaatio. Typerä, typerä valitus, joka oli oikeastaan kokonaan ja ainoastaan minun syytäni.

Joku valittaa huoneensa huonosta näkymästä (joka on kalliota ja talon reunaa). Valittaja ei ollut sanonut asiasta mitään lomansa aikana ja nyt kehtasi laittaa reklamaation. Uskomatonta! Tosin hotelli oli ollut täynnä, etten häntä olisi voinut auttaakaan. Mutta olisi asiasta silti pitänyt sanoa! Ja kun tarkemmin asiaa tutkin, ei hän ihan väärässä ollutkaan. Yksi huoneista tosiaan on rinteessä kulman takana niin, että näkymät eivät ole merelle. Olen mainostanut somessa ja nettisivuilla kaikissa huoneissa olevan merinäköala, mutta en ole koskaan käynyt tässä huoneessa. Apua! Miten olen voinut olla pienessä hotellissa töissä jo monta viikkoa käymättä kaikissa huoneissa. Eikä asia ole koskaan tullut puheeksi muiden kanssa. Uskomatonta.

Ja juuri kun luulin pahimman olevan ohi, tuli Martha kiukkuisena luokseni: "Siivouslistat ovat päin puuta! Kaikki on sekaisin. Lähtevät jatkavia ja jatkavat lähteviä ja missä kukakin nyt on tai ei ole?"

"Mitä tarkoitat", pelästyin hieman Marthan kovaa ääntä ja heiluvia käsiä.

"Katso näitä listoja ja katso koneelta ovatko ne oikein. No, ovatko?"

"Okei. Mä katson, odota hetki."

Voi jumalauta. Eihän ne olleet, eivät tietenkään. Kaikista päivistä tämän piti tapahtua juuri tänään. Tietenkin tänään.

"Olen pahoillani, tosi pahoillani!" sanoin ja tarkoitin sitä oikeasti.

Joka aamu Marthalle tulostettiin siivouslistat. Listaan oli merkattu jokainen huone ja tieto siitä, oliko huone jatkava vai lähtevä ja pitikö se siivota vai ei. Siivouslista oli Marthan ohjenuora, päivän työlista. Ja kun minä tänä aamuna olin mennyt laittamaan kaikki huoneet väärin päin, oli Marthan päivä auttamattomasti sekaisin.

"Onneksi en ehtinyt tekemään vielä kaikkia huoneita", Martha hyväksyi anteeksipyyntöni ja alkoi jo rauhoittumaan. "Kun menin kolmanteen niin sanottuun jatkavaan huoneeseen, jossa näin pakatut matkalaukut, aloin ihmetellä. Ja kyllä ihmettelin, että moneltako olet antanut check-outin, kun lähtevien tavarat olivat vielä levällään. Uskomatonta, tämä on ensimmäinen kerta, kun näin tapahtuu", Marthan kierrokset meinasivat lähteä uudelleen nousuun.

"Olen pahoillani, oikeasti. Annathan anteeksi? Tulen vaikka auttamaan sinua, jos tämä pitkittäisi päivääsi liikaa. Ja nyt heti tulostan ja merkkaan uudet siivouslistat sinulle", kiirehdin rauhoittelemaan.

"No eiköhän tämä tästä. Tulen pyytämään apua, jos tarvitsen", Martha poistui kiukku laantuneena, muttei kuitenkaan hyväntuulisena.

Pitkän päivän jälkeen rojahdin sängylleni kuoleman väsyneenä. Tällaisina hetkinä kaipasin Mikkoa. Tai oikeastaan ketä tahansa silittämään päätäni ja vakuuttamaan, että kaikki kyllä järjestyy vielä ja paremmat ajat ovat edessä. Nyt on tuulista, mutta pitää vaan pysyä laivassa, kyllä ne aallot vielä tyyntyvät. Se ihminen olisi voinut olla kuka tahansa, mutta juuri nyt kaipasin Mikkoa. Siihen ajatukseen nukahdin.

Aamulla herätessäni mieleni oli kirkas ja ajatukset luistivat selkeinä. Olin kokenut vastaavan hetken viimeksi Pomon kanssa. Tiesin tasan mitä halusin ja aioin saada sen. Eihän ollut minun vastuullani kantaa jonkun toisen onnea oman onneni kustannuksella. Halusin Mikon, eikä muulla ollut enää merkitystä.

Päätin ilmoittaa asiasta hänelle illalla työpäivän jälkeen. Toivoin, että löytäisin hänet baarista. Koko alkuviikko oli ollut niin kaaosta, että miksi kiusaisin itseäni yhtään enempää. Päätös oli selkeä ja olin asian kanssa täysin sinut. Totesin itselleni, että kerranhan täällä vaan eletään ja hetkeen täytyy tarttua ja mitä niitä nyt muita olikaan.

Töissä jouduin vielä korjailemaan alkuviikon mokia ja siivoamaan sotkuja. Mieleni oli kuitenkin terävä ja päämääräni fokusoitunut. Aioin mennä Mikon luo ja ottaa omani takaisin. Tai no takaisin ja takaisin,

76

mutta halusin hänet enkä osannut edes kuvitellakaan, ettei tunne olisi molemmin puoleinen.

Astuessani baariin ja kohdatessani Mikon katseen, me molemmat tiesimme jo, mitä tuleman piti. Emme tarvinneet anteeksipyyntöjä, selityksiä tai keskusteluita kenenkään siviilisäädystä. Tarvitsimme vain toisiamme ja katseemme kertoivat sen. Juttelimme kokislasin äärelle kuin ennen vanhaan. Olimme saaneet suhteemme palautettua siihen kipinätasoon, jossa se oli ennen vaimopaljastusta ollut. Erona nyt vain oli se, että vaimoasia oli vaiettu, musta mörkö vieressämme, josta kumpikaan ei halunnut puhua. Kumpikaan ei halunnut edes katsoa mörköön päin vaan keskityimme tuijottamaan toisiamme silmiin.

Lähdin baarista aivan liian myöhään. Sovimme Mikon kanssa tapaavamme huomenna ja viettävämme sunnuntaina koko päivän yhdessä. Elämä oli jälleen niiiin ihanaa!

Oli hyvä, ettei Mikko ehtinyt luokseni yöksi, sillä torstainvastaisena yönä heräsin palohälytykseen. Unenpöpperöisenä kesti kauan tajuta, että se todellakin oli palohälytys. Poistu huoneesta, jätä tavarat.

Sisäpihalla oli epämääräinen joukko väsyneitä, hämmentyneitä matkalaisia, jotka kaikki halusivat tietää, mitä tapahtuu omalla kielellään. Hotlan rouva ja herrakin olivat jo paikalla ja puhuivat palomiesten kanssa. Minusta tuntui, että olin yksi viimeisistä tulijoista. Noloa.

"No niin, Sara. Hyvä, että tulit", rouva aloitti kiihtyneenä minut nähdessään.

"Hotellissa oli palohälytys", hän jatkoi.

"Joo, mä huomasin. Mitä tapahtui? Missä palaa?"

"No ei missään tietenkään. Se oli väärä hälytys. Tai siis väärä ja väärä, mutta tihutyötä. Ilkivaltaa, typeryyttä", rouva kertoi.

"Joku on tyhjentänyt jauhesammuttimen ympäri käytävää", herra jatkoi.

"Kuka?" tyrmistyin.

"Ei vielä tiedetä. Jotkut nuoret varmaan vaan kolttosia tehneet", herra sanoi ja sai rouvalta murhaavan katseen.

Ulkona tilanne oli nopeasti purettu, sillä heti oli selvää, ettei missään palanut. Palomiehet kuitenkin jäivät yllättävän pitkäksi aikaa tarkastamaan rakenteita ja jauhesammuttimen sotkemia alueita. Minusta he viettivät paikalla aivan liian pitkän ajan, sillä olin kuolemanväsynyt, mutten kehdannut lähteä nukkumaan. Niinpä seisoin pihalla keskellä yötä turhan monta tuntia vain siksi, ettei minua olisi pidetty laiskana tai välinpitämättömänä. Juuri nyt halusin olla molempia.

Oli onni onnettomuudessa, että Euroopassa oli lakot eikä meille ollutkaan tulossa Hotlaa täyteen. Marthalla menisi kauan saada vaahdotettu käytävä ja sen lähialue oikeasti siivottua. Jauhetta ilmestyi jokaisesta mahdollisesta kolosta juuri kun kaikki oli saatu ensimmäisen kerran pyyhittyä.

Perjantaina jokainen Hotlan vierailija halusi keskustella edellisyön tapahtumista, osa oli jopa järkyttynyt. Minä seisoin koko pitkän päivän respantiskin takana ja keskustelin samat asiat uudelleen ja uudelleen. Kyllä, oli järkyttävää. Ei, tekijöistä ei vielä ole tietoa. Aivan, varmasti ne kiinni saadaan. Rouva hoiti asioita poliisin, pelastuslaitoksen ja vakuutusyhtiön kanssa. Herra auttoi Marthaa siivoamisessa.

Iltapäivällä rouva halusi hetken istua koko henkilökunnan kanssa. Myös Luise oli tullut takaisin Hotlalle. Meitä oli pieni tiimi, vain viisi ihmistä. Siihen kiteytyi Hotlan perusolemus: pienuuteen, intensiivisyyteen ja yhteisöllisyyteen. Olimme kuin pieni perhe. Jokainen meistä oli arvokas ja merkityksellinen.

"Nyt siis tiedetään, että tekijöitä oli kaksi ja he olivat nuoria miehiä. Yksi vierailija näki heidät ja lisäksi läheisen ravintolan valvontakamerasta saatiin heistä kuvaa", rouva aloitti.

"Oho, olipa nopeaa toimintaa", ihmetteli Luise, jolla ei selvästikään ollut kovin suuri luotto etelän viranomaisiin.

"No nämä kuvat antoi omatoimisesti ravintolanpitäjä, koska onhan tämä ikävää koko alueelle. Ei tällaista ole koskaan ennen tapahtunut", rouva jatkoi.

"Mutta hyvä, että nulikat saadaan vastuuseen. Tai siis varmasti nyt saadaan, kun on kuvat ja kaikki. Onhan tämä törkeää", Marthan antoi turhautumisensa kuulua.

"On tämä myös raskasta. Me emme enää ole nuoria ja tämmöinen yöheräily ja sotkut ja byrokratia ovat kyllä raskaita", herrakin puuttui keskusteluun.

"Emme ole, emme", rouva nyökytteli ja katsoi minua suoraan silmiin.

"Kyllä tämä Hotla pitäisi saada uusiin käsiin."

"Oletteko myymässä Hotlaa?" Martha kauhistui.

"Ei, ei, emme ole. Huoli pois, emme ole. Emme ainakaan, ennen kuin joku hyvä ja osaava jatkaja osuu kohdalle", rouva rauhoitteli.

"No mutta pääasiahan tässä oli, ettei ketään sattunut", Luise muutti puheenaihetta. Häntä ei ihan pienet asiat hetkauttaneet. Toki hän oli surullinen tapahtuneesta, mutta koettuaan paljon pahemman surun, ei pienet asiat liikuttaneet valtavasti.

"Oletko sä kunnossa?" Mikko huolehti viestillä, kun kerroin yön tapahtumista.

"Joo, joo, ei mulla mitään muuta kun univelka ja ärsyyntyminen lähinnä", vakuutin.

"Eli mä voin tänään tulla?" hän varmisti.

"Ei, et voi...vaan sun täytyy", vastasin hymiöiden kera.

Ja kun Mikko tuli, olin minäkin onneni kukkuloilla.

Viikonloppuna sotkujen siivoaminen sai uudenlaisen merkityksen, kun sananmukaisesti siivosin vaahtoa käytävän pienimmistäkin raoista ja joka ikisestä kohdasta lattiasta kattoon. Jauhetta oli loputtomasti. Mutta puhdasta lopulta tuli. Ja sen myötä tuli oikeasti ansaittu vapaapäivä. Vapaa tuli tarpeeseen ja sen avulla sain paitsi nollattua ajatuksistani kaaosviikon, myös valmistauduttua tulevaan viikkoon. Ja mikä parasta: sain viettää koko päivän Mikon kanssa. Aluksi suunnittelimme suuria elämyksiä, mutta lopulta yhdessä vietetty aika oli tärkeämpää kuin se, mitä teimme. Söimme rauhassa ihanista tuoreista raaka-aineista valmistettuja herkkuja ja viilensimme itseämme kermaisilla jäätelöillä. Kävelimme kauniita pikkukatuja käsi kädessä välillä sanomatta sanaakaan. Pulahdimme meriveteen suojaisalta rannalta, jossa olimme vain me kaksi ja vaalealla hiekalla merikilpikonnien jälkeensä jättämiä veteen johtavia uria. Aurinko paistoi ja olin vihdoin alkanut taas tottumaan polttavaan helteeseen. Aurinkorasvaa ja juomavettä kului tämänkin päivän aikana paljon.

"Onks nyt hyvä?" Mikko kysyi illalla huoneessani.

"On. Nyt on tosi hyvä", vastasin hymyillen ja todella tarkoitin sitä.

Oloni oli euforinen siihen saakka, kunnes tunsin kylmän metallin selässäni. Metalli tuntui raapivan ihoani ja siksi uskaltauduin keskeyttämään Mikon intohimoiseksi kiihtyvät puuhat.

"Nyt on pakko sanoa. Nyt on vaan pakko sanoa", sanoin päättäväisesti niin, ettei mitään jäänyt epäselväksi. Mikko pelästyi, lopetti puuhansa siihen ja katsoi minuun säikähtänyt ilme kasvoillaan.

"Toi sun sormus. Se raapii mua. Tai niin kun tuntuu tosi ikävältä. On kylmä ja ikävä", sanoin, koska en voinut olla sanomatta.

"Ai, joo. Tietty mä voin ottaa sen pois. Entä tää toinen, otanko senkin?" Mikko hämmästyi ja näytti oikean käden älysormustaan." Tajusin, että varmaankin siinä oli syy, etten aluksi ollut tajunnut Mikon olevan naimisissa, sillä hän käytti molemmissa nimettömissään samanlaisia tasaisia, tummia sormuksia. Nyt, kun tiesin, olisihan minun pitänyt se tajuta jo aiemmin. Sormuksia kuitenkin oli kaksi, toinen niistä oli merkki vaimosta ja toinen mittasi elintoimintoja. Onneksi otin asian puheeksi, sillä sen illan jälkeen vasemman käden sormus ei enää koskaan raapinut ihoani.

Myöskään sanat eivät raapineet minua, sillä sinä iltana kumpikaan meistä ei ottanut v-asiaa puheeksi eikä varmaan ottaisikaan tulevaisuudessakaan. Ehkä se vaikeutti suhteen syvenemiseen, mutta juuri nyt molemmilla oli hyvä näin. Mörkö oli yhä läsnä, mutta me käänsimme päämme pois.

Hallo Mutter!
Olipa viikko! Onneksi uusi on pian alkamassa
(sen on pakko olla edellistä kivempi)!
T: Sara

Luku 9

Maanantaiaamun ensimmäinen ajatus: ei tästä voi edellisviikkoa huonompaa tulla. Eikä tulisi. Tästä tulisi paras viikko ikinä! Mikko oli ihana, meillä oli kivaa yhdessä. Työt sujui eikä hellekään enää ottanut päähän. Kertoessani hyväntuulisena rouvalla olotilastani, hän totesi yksinkertaisesti: "Voisithan sinä ostaa tämän hotellin" ja lähti pois. No, keskusteluseuraa en hänestä tähän aamuun saanut, mutta ajatuksensiemen hän sai mieleeni itämään. Ajatukseni katkesivat poliisin tullessa ovesta. Ehdin jo hätääntyä, kunnes ymmärsin hänen etsivän rouvaa ja tuovan tietoa ilkivallantekijöistä.

"Oletko sä kunnossa?" Oli minun vuoroni huolehtia Mikon voinnista.

"Joo, olen. Enhän mä edes ollut täällä. Tai siis ei täällä ollut kukaan muukaan. Ne kävi yöllä, tuli takaovesta. Tyhjensivät jotain kamaa ja sotkivat kaljatynnyreillä."

"Eli siivousta sullakin tiedossa?"

"Jep, ei me tänään baaria saada auki ainakaan ennen iltaa. Tässä tää päivä menee", Mikko totesi.

"Teillähän on kamerat, eikö?"

"Joo, kyllä ne tekijät varmasti kiinni saadaan. Tai ainakin toivottavasti. On muuten kerrankin baarinlattia ihan oikeasti nimensä veroisen tahmea. Tervetuloa siivoamaan, jos ehdit."

"Totta kai ehdin. Tuun työpäivän jälkeen."

En olisi halunnut olla minuuttiakaan erossa Mikosta, mutta työt oli tehtävä. Euroopan lakot alkoivat hellittämään ja Hotlakin oli taas totutusti täynnä. Kaikki huoneet olivat käytössä ja vihdoin olin saanut nettisivuille maininnan kulmahuoneesta, josta ei näkynyt merta. Lisää reklamaatioita ei siis toivottavasti ollut odotettavissa. Rouvan kanssa pohdimme, mikä olisi merinäköalattoman huoneen valtti, miksi joku sen haluaisi. Päätimme tehdä siitä kolmehengen huoneen, koska sinne mahtui levitettävä nojatuoli. Vain muutamissa Hotlan huoneissa oli mahdollisuus majoittua vaikkapa lapsen kanssa. Huoneet olivat aika pieniä eikä levitettävä nojatuoli ollut aikuisen nukuttava. Tai pystyi siinä kai hätätapauksessa (tai sikajengi tapauksessa) aikuinen mies nukkumaan, mutta silloin unen laatua ei voitu taata. Kukaan ei kuitenkaan olisi halunnut merinäköalatonta kahdenhengen huonetta, jos tietäisi, että naapurilla olisi samanhintainen, mutta näköalalla. Niinpä herra hommasi huoneeseen vuodetuolin ja Martha meinasi saada raivarit. "Taas vaan lisätyötä ja lisää pedattavaa", hän jupisi mennessään. Onneksi hänen jupinansa kuului vain ohimennen, joten se ei alkanut rasittamaan minua liiaksi.

Vietimme Mikon kanssa kaiken mahdollisen vapaa-ajan. Teimme normaaleja normaalien ihmisten juttuja. Kävimme syömässä ja jäätelöllä, uimassa ja pitkillä kävelyillä. Hän oli luonani aina yötä, kun töiltään ehti. Elimme yhdessä kuin oikea seurusteleva pariskunta eikä se jäänyt ainakaan Luiselta huomaamatta.

"Kiva, että ehdit viettämään edes hetken munkin kanssa", Luise näpäytti minua yhteisen lounassalaatin ääressä.

"Joo, totta kai. Siis tietty. Oothan sä mun Etelän paras kaveri", sanoin, vaikka tiesin, mihin hän viittasi.

"No kerro nyt kaikki", hän jatkoi omaan surumielisen lempeään tyyliinsä.

Ja minä kerroin. Oli ihana kertoa suhteestamme kaikki hyvät asiat ja hehkuttaa onneamme. Möröt ja v-asiat jätin mainitsematta eikä Luise kysynyt. Ylistin onneani vaikka tiesin, ettei se tulisi kestämään ikuisesti. Ei enää edes kovin montaa viikkoa. Jossain vaiheessa kausi vaihtuisi ja palaisin oppaaksi. Kuin muistutuksena lähestyvästä muutoksesta, Raisa pyysi minua syömään. Ja pitkin hampain jätin Mikon tapaamisen väliin ja menin tapaamiseen.

Tapaaminen onkin hyvä sana kuvaamaan päivällistreffejäni Raisan kanssa. Vihdoin menimme yhdessä syömään, mutta tilanne ei ollut rento tai miellyttävä. Raisalla oli ollut työntäyteinen ja pitkä kesä. Hän halusi heti ensimmäiseksi kertoa juorut Espestä, joita ei todellisuudessa kovin paljoa ollut. Hän halusi innoissaan päästä kanssani pohtimaan, mikä ihme robotti Espe oikein oli, mutta juttu ei lähtenyt lentoon.

"En mä oikein tunne sitä", jouduin toteamaan, kun Raisa janosi mielipidettäni.

"En juurikaan ollut tekemisissä hänen kanssaan. Onneksi mulle ei niitä terttuja tullut pidettäväksi. Ne pari retkeä oli kyllä kivoja vetää", tyydyin listaamaan kaiken, mitä minulla oli Espestä sanottavaa.

"No mutta arvaa kuka joutui pitämään opaspuhelinta käytännössä koko kauden? Jep! Minä, minä", Raisa yritti lisätä vettä Espen myllytykseen.

Aihe kuivui nopeasti kokoon ja jouduimme keksimään uuden puheenaiheen. Koska en koskaan kertonut hänelle, että Mikko on naimisissa, en viitsinyt kertoa sitä nytkään. Kerroin vain, ettei olekaan mitään kerrottavaa, että olemme taas Mikon kanssa vähän niin kun yhdessä, mutta ei siitä sen enempää. Raisa oli selvästi pettynyt, ettei hän saanutkaan mitään kunnon juoruja ja mässäilyn aiheita.

Juttelimme niitä näitä, mutta aika pian huomasimme, ettei meillä ollut enää mitään yhteistä. Olimme kesän aikana Raisan kanssa viestitelleet jonkin verran, mutta alkukauteen verrattuna selvästi vähenemässä määrin. Katsoessani häntä illallispöydän ääressä tajusin, että hän oli lopulta aika tylsä tyyppi. Ehkä ihan kiva, muttei kuitenkaan minun tyyliseni. Raisasta tuli sittenkin tyyppi, jonka joskus tunsin.

Emme Raisan kanssa puhuneet ystävyytemme kuihtumisesta tai kummankaan tunteista. Sovimme kirjoittelevamme, kun Espe julkaisisi meille uudet kohteemme. Lupasimme myös nähdä viimeistään kauden lopetusbileissä, jos niitä tulisi. Sanoimme näkemiin, emme hyvästejä.

Loppuviikosta menin alkuiltapäivästä baariin Mikkoa tapaamaan.

"...ja sitten se työkaveri oli kysynyt, miten mä teen työni", kuulin hänen vaimonsa äänen puhelimen kaiuttimesta.

"No mutta sehän on hienoa. Tarkoittaisiko se lisää myös lisää palkkaa?", Mikon ilahtunut ääni vastasi.

"Joo, tietty. Eihän yliopistolla koskaan paljoa makseta, mutta olisihan se askel uralla eteenpäin", vaimo jatkoi.

"Kuulostaa hienolta, kyllä sun kannattaa sitä ha..." Vasta silloin Mikko kääntyi minua kohti ja tajusi minun tulleen. Hänen ilmeensä oli jotakin järkytyksen, pelon ja nolouden väliltä. Tai ehkä kaikkia niitä. "Nyt on kuule ihan pakko mennä, moikka!" hän hätäili jättäen oman lauseensa kesken.

"Siis mit...", ehdin kuulla, kun Mikko lopetti puhelun.

"Moi", Mikko kiirehti sanomaan tekopirteästi tunnustellen.

"Moi", vastasin tylysti.

Mikko ei kestänyt hiljaisuuttani vaan alkoi pälättämään: "Niin siis mä tässä tein just tota tilauskirjaa, että olutta taas hakemaan ja sillai niinkun."

"Aha", totesin.

Ymmärrän yhä, että Mikko on naimisissa ja tuskin asia mihinkään muuttuu. En silti olisi halunnut kuulla hänen vaimonsa ääntä. Kaiken lisäksi hän työskentelee yliopistolla, kiva. Siis kiva hänelle. Tuskin hän mikään penaalin tylsin kynä on tai ainakin hän on superakateeminen. Voisin kuvitella, että aika selkeästi minun vastakohta siis. Ehkäpä siinä oli syy, miksi Mikko oli kiinnostunut minusta. Sen lisäksi, että olin nuori ja iloinen, olin varmaankin vastakohta kotona odottavalle tylsälle yliopistolla työskentelevälle uranaisrouvalle.

"Muuten Sara", Mikko huikkasi perääni.

"Miksi sä tulit? Tai siis oliko sulla jotain?" hän kysyi.

"Ai joo. Siis oli. Mä sain tietää, mihin kohteeseen lähden seuraavaksi", totesin yrittäen olla niin välinpitämätön kuin pystyin kävellessäni ovesta ulos.

"No mihin?" Mikko viestitti pian perääni. Annoin hänen odottaa seuraavaan päivään vastaustani.

"Lähden takaisin Saarelle."
"Okei, wau! Siis koska?"
"Alle kahden viikon päästä."
"Oho."

Niinpä, oho. Mikon vastausviesti kuvasi hyvin tunteitani. Olin päässyt takaisin Saarelle ja olin siitä superonnellinen. Vai olinko? Halusin totta kai palata ihanalla, rakkaalle Saarelle. Mutta se ei kuitenkaan olisi enää vanha, sama Saari. Halusinko jäädä vai lähteä?

Zdravo majka!
Kesä meni tosi nopeasti. Kiva päästä taas Suomeen käymään, mutta en kyllä haluaisi lähteä täältä.
Sellaistahan se elämä on, ristiriitaista.
Pian nähdään!
T: Sara

Luku 10

"Jos lähdet ensi viikolla, niin eikö sun kannata nauttia tästä ajasta eikä kiukutella mulle?" Mikon viesti herättää minut maanantaiaamuna. Viesti meinasi hieman mennä ihoni alle, mutta sanomahan siinä on täysin oikea. En ehkä olisi halunnut Mikon viittaavan käytökseeni kiukuttelulla. Mikä moukka. Mutta sisältö on asiaa. "Tuu tänne, niin näet, miten mä nautin mun ajastani", vastasin. Riidoissa aina parasta on sopiminen.

Aina ennen kauden loppumista tai uuteen paikkaan lähtemistä tulee sekavat fiilikset. Tämäkään kausi ei tuonut poikkeusta vaan tunteeni heittivät kärrynpyöriä. Ihanaa päästä kotiin tai uuteen kohteeseen, kamalaa lähteä. Toistan päässäni mantraa: per tornare deve partire. Palatakseen täytyy lähteä. Palaaminen kotiin on ihanaa, mutta sitä tunteta ei saa koskaan, jos ei jätä jotain taakseen, jos ei koskaan lähde. Vaikka uuden odotus ja jännitys kipristelee mahassa, on lähtemisessä aina haikeutta ja lopullisuuden tunnetta. Kauteni Etelässä ei todellakaan ollut sitä, mitä odotin. Ei sinnepäinkään. Alkukaudesta odotin opashommia, vaikka pelkäsin etten nauttisi ajastani Etelässä. Kuitenkin sekä työt että Etelä pääsivät yllättämään minut. Opastyö vaihtui respatyöhön ja Etelästäkin opin pitämään. En edelleenkään rakasta sitä, mutta ei hassumpi kohde kuitenkaan. Voisihan tänne ehkä jopa kotiutuakin. Ja siihen olisi nyt oikea mahdollisuuskin. Kaunakohan rouva vielä jaksaa odottaa päätöstäni. Missä vaiheessa kysymykseeni edes tuli toinenkin vaihtoehto? Ja mikä päätökseni tulee olemaan, mennäänkö järki vai tunteet edellä? No, eteenpäin joka tapauksessa, per tornare devo partire.

Minulla on vahva tunne, että kaikki jää jotenkin kesken. Päiviä on enää vähän jäljellä ja ahdistus lähdöstä tuntuu suuremmalta kuin innostus Saarelle menosta. Myös suhteeni Mikkoon löysi vihdoin tasapainon. Tai no tasapainon ja tasapainon, mutta sellaisen suvantovaiheen. Eikä tihutyöntekijöitäkään oltu vieläkään saatu kiinni. Rikokset oli yhä ratkaisematta ja tekijät vapaalla jalalla. Tosin poliisin mukaan luultavasti tekijät olivat humalaisia turisteja ja näin ollen nyt jo kaukana kotona.

"Arvaa, järjestäänkö mitään kaudenlopettajaisbileitä?" Raisan viestissä luki.

"No varmaankaan ei?"

"No ei todellakaan! Espen mukaan ei ollut mitään kunnon kautta, niin sitä ei tarvi lopettaakaan. Ihan tyhmää!!"

"No mutta eihän ne meidän aloitusbileetkään mitenkään huimat olleet, että sinänsä ei yllätä."

"Mutta oonhan mä täällä tehnyt töitä ihan hulluna! Onneksi se antaa mulle ylimääräisen vapaapäivän, joten ehdin ennen lähtöä pakata ja siivota ja sillei."

En tiennyt, olinko iloinen vai surullinen, etten enää pääsisi juhlimaan Raisan ja Espen kanssa. Tai voisinhan ehdottaa Raisalle meidän kahden omia lopettajaisbileitä. Syötäisiin ja juotaisiin ja tanssittaisiin niin kuin kauden aloitusbileissä. Mutta ei, en ehdottanut. Eikä hänkään.

Saapuvissa oli vain yksi huone tulossa ja sekin oli suomalaisperhe. Mielestäni suomalaiset vieraat olivat kivoja, kunhan heitä ei ollut liikaa. Ryhmissä he olivat aina rasittavampia kuin yksittäiset matkailijat, pariskunnat tai perheet. Hotla ei ollut perhehotelli. Huoneet olivat aika pieniä, mutta muutamaan huoneeseen mahtui majoittumaan kolme, koska huoneissa oli vuodetuoli. Suomalaisperheelle oli kuitenkin varattuna vain kahden hengen huone, vaikka heitä oli neljä.

"Tää on vielä tällainen pikkutaapero ja tämä toinenhan nyt on ihan vauva vielä", perheenäiti selitti minulle sisäänkirjautumisen yhteydessä. Minä olisin majoittanut pikkutaaperon ihan omaan vuoteeseen, mutta ehkäpä perhe halusi säästää rahaa. Olihan kahden hengen huone halvempi kuin lisävuoteellinen huone. Nainen ei ole vielä kovin vanha, vain muutaman vuoden minua vanhempi. Hän oli hoikka ja pitkähiuksinen, mutta tukka oli aika sekaisin ja otsalla kimmelsi hiki. Vauva huusi, tietenkin ja pikkutaapero juoksu kirmatessaan vastaanottoa ympäri. Heidän isänsä oli jossakin vaippojen, lukuisten matkalaukkujen ja karkuun juoksevan viikarin seassa. Kiljuset eivät pahasti jääneet näille toiseksi.

"Mä vihaan pakkaamista ja tänään olen oppinut, että mä vihaan myös matkustelua. Siis lasten kanssa. Kyllä tää on jotenkin niin paljon rankempaa, kun aiemmin. Varsinkin siis kahden kanssa. Mutta on se kyllä rankkaa Suomessakin", perheenäiti aloitti paasauksensa, jonka väliin ehdin vain nyökkäilemään ja ynähtelemään.

"Mutta kyllä mä vielä enemmän vihaan vuodenaikoja. En tajua, miksi Suomessa pitää olla neljä vuodenaikaa. Kaksi, ehkä jopa yksikin riittäisi, kiitos. Tai pitääkö niiden vaihtua niin usein? Voisihan ne olla vaikka kaikki neljä, mutta vuoden kerrallaan, niin joka kuukausi ei tarvitsisi juosta Prismassa. Kyllä muualla on niin paljon helpompaa. Ne ei tarvi coretexiä ja suojakalvoja. Ei kumisaappaita, välikausihanskoja, pukuja, välikausikenkiä, toppavaatteita, kypärämyssyjä, välikausitakkeja, loputonta määrää erikäden hanskoja, sisävaatteita, välikausi mitään tai edes vauvalle toppapusseja."

Perheenäidin avautuminen tuntui pahalta. Väsymys kuului hänen puheessaan, itku kimalteli silmissä ja ahdistus oli nähtävissä.

"No mutta, itse olen polkuni valinnut ja mä rakastan mun lapsia tosi paljon. Vihaan vaan niitä vaihtovaatteita ja pitkiä alusasukerrastoja", perheenäiti lopetti viimein ja lähti perheensä kanssa hartiat painuksissa kulkemaan kohti huonettaan.

"Yrittäkää nauttia lomasta", huusin perään ja tunsin samalla sääliä ja hämmennystä. Toivottavasti nainen ei ole aina tuollainen. Toivottavasti hänen oli nyt vaan helpompi purkaa tuntojaan ventovieraalle.

Suomalisperhe ei viipynyt Hotlalla kuin viisi yötä. Siinäkin oli kuulemma kyse rahasta. Oli halvempaa lentää reittilennoilla ja majoittua

viisi yötä kuin tulla koko viikoksi pakettimatkalle. Aina nähdessäni hei-
dät, oli menoa ja meininkiä: "Pysähtyykö tuo teidän esikoinen edes
yöllä", naurahdin. "No ei se pysähdy. Ei se pysähdy ikinä. Edes unis-
saan, koska se on niin levoton nukkuja, että tunkee aina varpaansa mun
kyljestä läpi. Se on ärsyttävää", perheenäiti avautui.

Seuraavana aamuna pyysin Marthaa petaamaan heille lisävuoteen il-
man lisähintaa.

Kun suomalaisperheen tuli aika lähteä, oloni oli pettynyt. Minusta tun-
tui, etten ollut pystynyt järjestämään heille niin mukavaa lomaa, kun he
odottivat ja toivoivat.

"Loma ei tainnut ihan mennä, niin kuin toivoit, vai mitä?" rohkenin ky-
syä.

"No ei mennyt, ei", perheenäiti naurahti surkuhupaisasti. "Kyllä me
tietty odotettiinkin aika paljon, mutta saatiin aika vähän. Tai siis tosi vä-
hän. Jotenkin sitä haluaa niin paljon ja enemmän ja tietää, että elämä
voisi olla jotenkin, sillei, suurempaa, tietkö? Tää on liian vähän, liian
pientä, liian ei mua. Mä en halua tyytyä ihan kivaan elämään, johon
kuuluu kivitalo postimerkin kokoisella tontilla, tramppa ja pihassa hyb-
ridiauton lisäksi sähköpyörä. Ei millään jaksaisi sellaista keskivertoih-
misen keskivertoelämää, tietkö?" perheenäiti jatkoi ja minä tyydyin kat-
somaan häntä hieman säälivästi, sillä en tiennyt, en todellakaan tiennyt.

"Tästä taitaa avioero seurata. Lusikat jakoon ja vuoroviikko-elämää elä-
mään. Jippii, ydinperhe onkin ihan yliarvostettu", nainen sanoi, enkä
usko, että hän vitsaili.

"Asia ei tietenkään mulle kuulu, mutta oon pahoillani, ettei teillä ollut
hyvä loma ja tietkö, mulle kerran yksi viisas nainen sanoi, ettei ole väliä,
onko yhteistä historiaa, kunhan näkee yhteisen tulevaisuuden", rohke-
nin antaa hänelle Kukka-Liisalta saamani elämänohjeen. "Hän oli ollut
naimisissa jo kauan ja kertoi, kuinka suhde oli muuttunut. Hänen mu-
kaansa pitkän liiton salaisuus oli se, että näkee yhteisen tulevaisuuden,
jota kohti mennään yhdessä toista tukien", jatkoin.

"Kiitti. Viisas neuvo", nainen sanoi, pyyhki silmänsä, nosti lapsensa ja laukkunsa, ja lähti.

Olá Mãe!
Apua, lähtöitkua vaille valmis kausi.
Oli kyllä kivaa!
T: Sara

Luku 11

Jäähyväiset eivät koskaan ole kivoja, mutta välillä niissä voi tuntea niin paljon rakkautta, että ne voivat lohduttaa. Lähtö on aina surullista, mutta kun lähtee paikasta, jossa on ollut hyvä olla, voi tuntea rakkauden. Ja rakkaus lohdutta. Rakkaudentunne minulla oli hyvästellessäni Luisea.

"Sä oot ihana tyyppi, Luise. Mä toivon vain kaikkea parasta ja ihanaa sulle. Aurinkoisia päiviä, lämpimiä tuulia ja rakkautta", saan sanottua kyyneliä pidätellen. Luise ei onnistu kummassakaan, ei kyynelten pidättämisessä tai sanojen muodostamisessa. Tilanne on raastava, lopullisilta tuntuvat hyvästit saavat sisälleni mylläävän tunteen ja rintaani puristavan ahdistuksen. Marthankin halaaminen tuntui kuin olisin tehnyt jotain väärää, kuin minun ei olisi pitänyt olla siinä hyvästelemässä. "Nyt lähden hakemaan tavarani huoneestani", sanoin, jotta jäähyväiset eivät venyisi liian pitkiksi.

Ja niin väistämättömästi se pahinkin hetki koitti. Jäähyväiset Mikolle. Tuskin kumpikaan odotti mitään ihmeellistä tai erityistä. Ehkä kumpikin odotti vain välttämättömyyden pois alta hoitamista. Mikko tuli eikä sanoja paljoa vaihdettu. Ei ollut enää mitään sanomista. *Mitä meiltä jäi kesken sen lopettaa joku muu. Vielä joskus hetkeks unohtuu miltä ihosi tuntuu. Muistatko sä sen hetken ku päällä oli vain kuu. Me annettiin paljon tapahtuu, mut ei menty loppuun. Vaan jäätiin kesken.*

"Kyllä nämä kyyneleet joskus loppuu", lupaan, kun Mikko katsoo silmiini surullisena ja lähtee huoneestani.

Laukut pakattu, bussi tulossa pian hakemaan, kaikki valmiina. Viimeisen kerran suljen Hotlan pienen huoneeni oven ja kuljen kauniin sisäpihan poikki. Respassa näen omistajapariskunnan jo odottavan minua.

"No Sara, kaikki mukana?" rouva kysyy.

"Joo, eiköhän. Tällä kertaa lähteminen on jotenkin tosi vaikeaa", totean ja tunnen kyyneleiden nousevan silmiini.

"Tiedän, tässä Hotlassa on sellaista taikaa", rouva naurahtaa ja katsoo minua vetisillä silmillään hänkin.

"Olit meille suuri apu. Kiitos kovasti kaikesta. Toit tähän paikkaan uutta intoa, niin kuin mekin silloin aikoinamme. Toit tänne hyvää energiaa", pariskunta katsoo minua haikeasti.

"En tiedä mitä sanoa", sanon ja pyyhin ja poskella valuvia kyyneleitäni. Kuulen bussin tulevan kadulle, joten halaan pariskunnan nopeasti ja kiitän heitä vielä kaikesta. Tällä kertaa lähtö ei ole aiheuttanut vain haikeaa mieltä vaan totaalisen puristuksen rintaani. Lähden respasta raskain askelin. Kyyneleet valuvat valtoimenaan ja liikun hitaasti. Kuin Hotla pitäisi minusta kiinni, vetäisi magneetin lailla takaisin. Huutaisi, ettei saa lähteä. Teen kohtalokkaan virheen ja käännyn matkalla kerran katsomaan taakseni. Näen Hotlan, sen ikkunaluukut ja upean sisäpihan, kodikkaan olemuksen ja rauhoittavan kauneuden. Kuulen alhaalla pauhaavan meren. Kuulen kutsun jäädä kotiin.

Näen Raisan iloisen ilmeen, joka hetkessä muuttuu järkytykseksi, huoleksi ja takaisin iloksi. "Ymmärrän sua, näin sun pitää tehdä", hän toteaa ja halaamme nopeasti.

"Vieläkö on tarjous voimassa", huikkaan pariskunnalle, kun juoksen takaisin respaan. Ajatukseni on kristallinkirkas: tänään päätän aloittaa uudenlaisen elämäni.

Epilogi

Päätös oli ehdottomasti oikea. Onhan se hurjaa, jopa tyhmää, ostaa hotelli etelästä yhden kesän työkokemuksella. Ja onhan kaikki ollut vaikeaa ja uutta, opeteltavaa on ollut paljon, jopa älyttömästi enemmän, kuin osasin kuvitellakaan. Mutta Hotlan pariskunnasta kuoriutui esiin kiva pariskunta. Heillä stressi helpotti, hymy ja elämänilo palasivat. Onneksi he ovat todella pitkämielisiä ja jaksavat opettaa minua yhä. Yöajonkin olen sössinyt vain kerran edelliskerran jälkeen. Heh, nyt sekin jo naurattaa, vaikka aikoinaan ei kyllä yhtään. Kesä vaihtui leudoksi talveksi ja pian uusi kesä on täällä. Turisteja on Etelässä riittänyt, mutta pian alkaa sesonkiaika ja se lisää matkailijoiden määrää. Kohta on taas vilkasta. Myös lähipubi saa asiakasmäärän kasvaessa lisää työvoimaa. Baarimikkokin tulee taas takaisin. Kohta on taas vilkasta siis monessakin mielessä.

Kesä oli varsin tapahtumarikas eikä tuhotyöntekijöitä koskaan saatu kiinni. Talvella oli rauhallisempaa, mistä sain nauttia pienen hotelliperheeni kanssa. Luise on yhä ystäväni, paras ystäväni. Hän on luvannut minulle, että alkaa pian taas etsimään rakkautta. Ja hyvä niin, koska hän on ihana ja ansaitsee vain kaiken hyvän. Martha on, no, yhä Martha. Yksin en tästä kaikesta selviäisi, vaikka aika hyvä hotellinpitäjä olenkin. Hotlan näkyvyys somessa on parantunut, mikä on tuonut uusia asiakkaita etenkin nuorista. Myös ruokamatkailijat ja joogit kuuluvat yhä kohderyhmäämme. Kaikki siis on hyvin, todella hyvin.

Eikä tämä ainakaan ole keskivertoihmisen keskivertoelämää, tämä on minun unelmaelämää.

Sitaatit

s. 5 Rose garden, Joe South

s. 21 Somebody that I used to know, Wally De Backer

s. 66 Tulevaisuuteen, Nelli Matula

s. 92 Kesken, Sanni Kurkisuo